「ケイル。私は、王を欲している」
決意を灯した双眸で、
彼女は真っ直ぐ俺を見据えた。
「次の長期休暇。
私の故郷……獣人領に来て欲しい」
2
Author — Yusaku Sakaishi
坂石遊作
Illustration — Canata Katana
刀 彼方
最弱無能が玉座へ至る
Tales of Taking the Throne Who the Weakest and Incompetent Student
—人間社会の落ちこぼれ、亜人の眷属になって成り上がる—

ケイル＝
クレイニア

【素質系：王】の力に目覚めた
元無能の少年。
亜人の王となる未来を前に、
その葛藤は絶えない。

クレナ＝B＝
ヴァリエンス

明るく純真無垢な純血の吸血鬼。
しかし、ケイルのこととなると
独占欲を働かせることも。

アイナ＝
フェイリスタン

その力は獣人の中でも
一流である虎獣人の美少女。
何か秘密があるらしく、
ケイルを獣人領へと誘う。

第二章 獣人領へ
リディア
獣人領で「爪牙の会」の
リーダーを務める狐獣人。
ケイルたちを温かく
迎え入れてくれる。

ベッドに腰を下ろし後ずさる俺に、
アイナは裸で迫った。
「選んで。私か、ミレイヤか」
究極の選択って、
こういうことを言うのだろうか。

最弱無能が玉座へ至る2

～人間社会の落ちこぼれ、
亜人の眷属になって成り上がる～

坂石遊作

HJ文庫
914

口絵・本文イラスト　刀彼方

2

Tales of Taking the Throne
Who the Weakest and Incompetent Student

CONTENTS

プロローグ

『プギョエーーッ!!』

王都の傍にある広大な森で。

身の丈三メィトルほどある猪型の魔物——ワイルドボアが、鳴き声を上げた。

「ケイル君、そっち行ったよ！」

「ああ、任せろ！」

巨大な血の鎌を携えたクレナが、俺に向かって叫ぶ。

精神を集中させ、身体中を巡る血液の流れを意識する。

ナイフで傷つけた手の甲から、シュルリと血液が飛び出すと同時、俺は迫り来る魔物目掛けてそれを解き放った。

「——《血旋嵐》」

赤い刃の嵐が魔物を襲う。

前後左右、四方八方。ワイルドボアの巨躯は無数の刃によって斬りつけられた。

動きを止めた。後は——トドメを刺す。

「アイナ！」

「ん」

短く返答した獣人の少女、アイナが力強く地面を踏み付ける。

刹那。少女の身体は低空を飛ぶかの如く加速した。嫋やかな身体を宙で捻り、鋭利な爪でワイルドボアの腹を貫く。

ワイルドボアは一瞬だけ痙攣した後、その巨体を地面に横たわらせた。

「ふー。依頼完了だね」

安堵に胸を撫で下ろすクレナに、俺とアイナも相槌を打って、肩の力を抜く。

これで、今日の依頼は終わりだ。

——吸血鬼領から戻ってきて、一ヶ月が経過した頃。

俺とクレナとアイナは、放課後になったら毎日ギルドに通っていた。

その理由は二つある。ひとつは学費を稼ぐことだ。特に俺はミュアのヒモから脱却したいので、他二人より真剣に打ち込んでいる。

そして、もうひとつの理由は——。

「どう、ケイル君？　能力の手応えは……？」

王都への帰り道。馬車の中で腰を下ろす俺の顔を、クレナが覗き見た。

「駄目だな。コントロールができない」

俺は一ヶ月前に自覚した、己の能力を使いこなすための訓練を続けていた。

──【素質系・王】。

クレナの母、エルネーゼさんの言葉によると、この能力の効果は「あらゆる種族の王になれる素質」といったものらしい。恐らくその予想は当たっている。ギルフォードを倒した時の俺は、間違いなく吸血鬼の王に相応しい力を得ていた。

しかし──どうやらその力は、簡単には使いこなせないらしい。

「厳密には、使えるには使えるんだが……ギルフォードを倒した時のような出力にはならないな。精々、ちょっと強い眷属になるくらいだと思う」

「う、うーん……それでも十分強い気はするけど、不安定なのは気になるよね」

クレナの言葉に頷く。その時、向かいに座っているアイナが俺の方を見た。

「獣人の眷属になったら使えるかもしれない。……ケイル、私の眷属になってみて」

「だ、だめだめ！　今日は私の番だって決めたでしょ！　アイナさんは明日！」

何の順番だよ。……溜息を零す。

「こういう時、ファナちゃんがいれば、いい意見とか貰えそうなんだけどねー……」

クレナが残念そうに言う。

ファナは吸血鬼領に留まることとなった。

理由はクレナの母であるエルネーゼさんの身辺警護だ。エルネーゼさんの体調はまだ万全ではないため、誰かが彼女の護衛を引き受けなくてはならなかった。可能ならば一ヶ月前の真相を知る誰かが望ましい。そう考えた時、適任者として選ばれたのがファナだ。

ファナはエルネーゼさんの前では「謹んでお受けいたします」と言っていたが、いざクレナと別れる時は号泣していた。最後に見た彼女の顔は鼻水に塗れており、正直、お世辞にもいい別れ方をしたとは思えない。

「ワイルドボアの討伐、完了しました！」

「はい、お疲れ様ですアンさん。それでは、こちらが報酬金です」

ギルド天明旅団に到着した後、クレナが受付嬢にワイルドボアの牙を渡す。

そう言えば、ギルドには偽名で登録したままだったな……。

また機会があれば、本名で登録し直した方がいいかもしれない。

「ケイル」

「ん？」

アイナが俺を呼ぶ。

「ケイルの能力は、眷属としてのものではなく、人間としてのものだと思う。だから、力の使い方で行き詰まっているのだとしたら、同じ人間に訊いた方がいいかもしれない」

「……確かに、そうだな」

俺の力は眷属にならないと効果を発揮しないが、その力自体は人間の種族特性だ。

「一応、私の方でも貴方の力について調べてみる。何か分かればすぐに連絡するわ」

「ああ……ありがとう。面倒をかけるな」

「利害の一致。ケイルには、是非ともその力を使いこなせるようになって欲しいから」

その言葉に俺は首を傾げた。偶にアイナは、発言の意図が読めない時がある。

しかしこういう時は、追及しても適当にはぐらかされてしまうのだ。

「しかし、誰に相談すればいいのか……」

自慢じゃないが、俺は友達が少ない。日頃、学園で接している友人と言えば、クレナとアイナを除けばライオスとエディになるが……二人とも素質系ではなかった。

できれば、俺と同じ素質系の能力者に相談したいところだが……。

——いるじゃないか。

素質系の能力者で、しかも頼めば幾らでも相談に乗ってくれそうな相手が。

ギルドの壁に立てかけられた、銀髪の少女の絵画を眺めながら、俺はそう思った。

第一章　素質系の能力

「兄さん！　お帰りなさ――――うっ！　アバズレの臭いッ!!」

「……いい加減、慣れてくれ」

家に帰った俺は、溜息交じりに答えた。

ここ最近、俺はギルドで依頼を受けるためにクレナかアイナの眷属になることが多い。

しかしミュアは、俺が彼女たちの眷属になることが気に入らないらしかった。

クレナの眷属となった状態でミュアと接すると、大体今みたいな言葉を吐かれる。

「ぐぬぬ……本人がいないだけ、まだマシとしましょう。それで、兄さんは今日もバイトに行ってたんですか？」

「ああ。ほら、今日の稼ぎは結構多いぞ」

そう言って、俺は貨幣が入った袋をテーブルの上に置いた。

その金は、俺が最近始めた居酒屋のバイトで稼いだことになっている。

俺がギルドに所属していることは、まだミュアには内緒にしていた。――当たり前だ。

バレたら金貨三百枚とか、王家御用達の馬車とかが勝手に押しつけられるのだ。

「お金なら問題ないと言っていますのに」

「ミュアが気にしていなくても、俺が気にするんだ。いつまでも妹に養われるのもおかしな話だろ」

「……一生、養ってあげますのに」

潜めた声でそういうことを言うのはやめて欲しい。ゾッとする。

「ミュア。実は相談に乗って欲しいことがあるんだ」

「相談、ですか？　恋愛相談だった場合は斬り捨てますけれど」

「……誰を？」

「相手を」

絶対に相談しないでおこう。

「恋愛相談ではない。……俺の能力については知っているよな？」

「はい。【素質系・眷属】ですよね」

その返答に俺は頷いた。

——ミュアには嘘を伝えてある。

これは吸血鬼領から王都に戻る直前、クレナの母であるエルネーゼさんと相談した結果だ。俺の本当の力【素質系・王】は、下手に話が広まると悪用を目論む輩が現れるかもしれない。そのため極力、事実を伝える相手は選ぶように決めていた。

だが、俺が亜人の眷属にならないと戦えないという事実は、遅かれ早かれ露見するだろう。そこで【素質系・眷属】という、実在するかどうかも定かではない能力でカモフラージュすることにした。これなら俺が積極的に亜人の眷属となっても、誰も疑わない。

「その、能力なんだが――」

椅子に腰を下ろし、対面に座るミュアに相談を始める。

本当の能力を悟られないよう注意しながら事情を説明した。

端的に述べれば、発揮する力にムラがあること。

以前は爆発的な力を発揮できたが、今はその力を使えない。その理由は何なのか――。

「――結論から言うと、それは能力の問題ではなく、兄さん自身の特徴だと思います」

ミュアは俺の説明を聞いた後、すぐに答えてみせた。

「人間の種族特性が七種類あることについては、兄さんも理解していますよね」

「ああ。素質系、支配系、模倣系、強化系、契約系、吸収系、覚醒系……この七つだな」

「その七つのうち、素質系と覚醒系の能力だけは、常時発動型なんです。こうすれば力を使える、という類いの能力ではありません」

　その通りだ。俺は頷いた。

「素質系と覚醒系の違いは、ご存じですか？」

「確か……素質系は、特定の技能に対する熟練度が少しずつ成長し、努力さえすればどこまでも伸びる。一方、覚醒系はある瞬間を境に一気に成長する代わりに、一度覚醒した後は努力しても中々その技能が伸びなくなる。……だったよな？」

「その通りです。二つの能力は、いわば秀才か天才か……この違いに通じるところがあります。兄さんは素質系ですので、爆発的な成長というのは本来起こり得ない現象です」

　ミュアの説明に俺は頷く。

「つまり、もし兄さんが過去にその能力で爆発的な力を発揮したというのであれば、それは火事場の馬鹿力である可能性が高いと思います」

「火事場の馬鹿力？」

「本来なら発揮できなかった力ということです」

　その一言には俺も納得した。

　俺が王としての力を振るった時の状況は、非常に特異なものだった。

　あの状況下では、稀な事例が起きてもおかしくない。

「覚醒系と違って、素質系の力にはムラがあります。ですがそれは能力の性質ではなく、その人自身が元々抱えている特徴である場合が殆どです。……思い出してください。兄さんは、自分がどういう状態の時、爆発的な力を発揮しましたか？」

「俺は……」

あの時のことを思い出す。

あの時、俺はどういう状態だった？

──クレナを守りたい。

──大切な「誰か」を守りたい。

あの時、俺の頭を占めていたのは、きっとそういう感情だ。

「兄さんの場合、恐らくその状態になれば、火事場の馬鹿力を発揮できると思います」

つまり俺は、誰かを守ろうとした時に、普段以上の力を発揮できるということか。

──本当に？

よく思い出せ。俺は、あの時、ただ誰かを守りたいとしか思っていなかったのか？

違う気がする。……いいや、きっと違う。

頭の片隅に忌避感があった。それは恐らく、今まで見て見ぬ振りをしてきたものだ。

目を逸らすな。あの力の根源は、きっと、もっと、どす黒い。

あの時、俺は──頭の中が怒りに染まっていた。

理性ではなく本能に従っていた。

――あいつを殺さなければと本気で思った。

「っ⁉」

思い至ったひとつの可能性に、俺は立ち上がった。

「兄さん？」

「あ、ああ、いや。……なんでもない」

浮かんだ思考を消し、再び椅子に座った。

額に冷や汗を浮かべる俺に対し、ミュアは心配そうな視線を注ぐ。

「兄さん、提案があります」

ミュアが、神妙な面持ちで俺を呼んだ。

「私と模擬戦してみませんか？」

家の庭に出た俺は、夜風に肌寒さを覚えながらミュアと相対した。

何故、ミュアが模擬戦を提案したのかはわからない。

しかし俺はこれを、良い機会だと考えた。

吸血鬼領での一件を経て、能力を自覚した俺は――出力が不安定とはいえ、以前と比べると強くなっている。この状態で俺はどこまで戦えるのか、知っておいて損はない。

「ふふ、兄さんと模擬戦をするのは久しぶりですね」

「ああ。……最後にやったのは、ミュアがギルドに登録する前だな」

「私はあれからも兄さんと模擬戦をしたいと思ってましたよ？」

「いや、流石に剣姫と戦うのは、俺では力不足だろ」

子供の頃はよくミュアと模擬戦をしていた。

だがミュアの成長速度はあまりにも凄まじく、俺が最後に勝てたのは本当に昔……学園の初等部に通う前のことである。以来、俺はずっとミュアに負け続けている。

だが、あれから俺も変わった。せめて兄としての沽券くらいは取り戻したい。

「では兄さん、準備を」

「ああ」

ミュアが練習用の刃引きした剣を抜き、構える。

俺は常備している短刀で左手の甲を斬りつけ、そこから垂れた血に意識を込めた。

双方、唇を引き結び、睨み合う。

互いが戦闘態勢に入った瞬間――ミュアが疾駆した。

「ッ!?」

どう考えても、ミュアは俺より格上だ。

その格上が、まさか早々に攻撃してくるとは正直思っていなかった。

「微塵も油断してないってか……っ！」

ありがたい話だが――迷惑な話だッ！

振り抜かれた剣筋は、今までの俺なら見切れなかっただろう。

だが亜人の眷属になった俺は、基本的な肉体の性能が向上している。

間一髪、紙一重でミュアの一撃を避けた俺は、瞬時に攻撃へと転じた。

「『血舞踏』――《血閃鎌》ッ‼」

ミュアは動きが速い。

この間合いで大振りの攻撃をしては間違いなく隙を突かれると判断した俺は、威力よりも速度を優先して技を選んだ。

血の鎌が三つ、ミュアの方へ飛ぶ。

しかしミュアは軽々と二つの鎌を避け、残るひとつを剣で斬った。

――敵わない。

本能が叫ぶ。

目の前にいるのは血を分けた妹だ。けれど、どう足掻いても彼女には勝てそうにない。

──もしかして。

ミュアの剣を避けながら、俺は彼女に対する認識を改める。

──いや、もしかしなくても。

肉眼では捉えることすら難しい剣筋を、紙一重で避け続ける。

ミュアが手加減してくれているのか。それとも俺が幸運に恵まれているのか。まだ俺は決定打をうけていない。

けれど、戦いは拮抗しているわけではない。

防戦一方の中、俺はかつてないほど戦慄した。

──ミュアは、あのギルフォードよりも強いんじゃないか？

剣姫。それは世界最高の女性剣士に与えられる、名誉ある二つ名だ。それを十代のうちに手に入れた者は、歴史上二人しかいない。初代剣姫と──目の前にいる少女である。

「ッつ、おぉおおぉおッ!!」

目の前にいる少女が、ギルフォードよりも強いなら、手加減なんてする必要はない。

自分の実力を知ることができれば、それでいいだなんて──そんな生半可な気持ちで戦っていい相手ではない。今更ながらそれを悟る。

「『血舞踏』──《血守護陣》ッ!!」

「っ!?」

巨大な血の盾を幾重にも生み出す。

ここで初めて、ミュアが驚愕の声を漏らした。

今、発動した《血守護陣》は攻守一体の技だ。盾で斬撃を防いだ後、そのままシールドバッシュの要領でミュアを攻撃する。

「このまま――押し潰すッ!!」

三枚の盾で斬撃を防ぎ、八枚の盾をミュアの方へ飛ばす。

ミュアはその小柄な体躯を素早く動かし、的確に盾を避けた。だが――。

「そこだッ!!」

八枚の盾は、全てミュアの動きを誘導するためのフェイク。

四方を盾に囲まれたミュアが動きを止めた。その瞬間を狙って、最初に斬撃を防いだ三枚の盾をぶつける。

吸血鬼領での経験は確実に活きている。

あの時と比べて、俺は確実に『血舞踏』を使いこなせている。

三枚の盾がミュアのもとへ突撃し、バコン！　と大きな音が響いた。

一瞬、沸き上がる喜びをすぐに押し殺す。まだ俺の勝ちが決定したわけではない。

次の瞬間。ミュアの周りに浮いていた盾が、細かく切り刻まれた。

「今のは、少し驚きましたが――私を倒すには、まだ足りません」

崩れ落ちる十一枚の盾の中から、ミュアが姿を表す。

ゾワリと、鳥肌が立った。

恐怖がある。絶望がある。だが、それ以上に――戦意が滾る。

――もっと。

無意識に考えた。

――もっと、強い力を。

今のままでは倒せない。だからもっと、強い力を引き出さなくてはならない。

そう思い、胸の奥にある悍ましい力に、手を伸ばした時――。

「――ぐっ⁉」

途端に激しい頭痛を覚え、俺は蹲った。

今、自分が何をしたのかよく覚えていない。ただ、この痛みには覚えがある。吸血鬼領から帰ってきた後、俺が王の力を使おうとすると、いつもこの頭痛が発生した。

「勝負あり、ですね」

頭を押さえ、呻いていると、頭上から声が降ってきた。

顔を上げると、俺の首筋にミュアの剣が添えられていることに気づく。

「……まいった」

最早、立ち上がる気力すらない。

完敗だった。体力よりも精神面が擦り切れている。

——全く差が縮まっていないじゃないか。

凹んでいると、ふと、ミュアが無言でこちらを見つめていることに気づいた。

ミュアにしては珍しい。俺の前では饒舌で、いつも明るく楽しそうにしているのに、何故か今の彼女は神妙な面持ちだった。

「……先に、謝罪しておきます」

ミュアが小さな声で言う。

「すみません！　本当にすみません！　今から兄さんに、凄く失礼なことをします!!」

「え、あ、うん……？」

「でも、多分確認した方がいいと思うんです！　だからどうか許してください!!　何でもしますから!!」

「あ、ああ。取り敢えず、わかった……」

首を縦に振り、ミュアが何をするのか気になりつつも、抵抗の意思はないことを示す。

ミュアは呼吸を整えた後、腰に差している真剣の柄に手を添えた。

「では――――失礼します」

刹那、目にも留まらぬ速さで、鋭い白刃が俺の首筋へと吸い込まれ――。

――そして俺は、身体の奥に眠る膨大な力を、爆発させた。

死ぬ。そう思った瞬間、全身に強い力が巡った。

熱くて、高潔な力。クレナ＝ヴァリエンスから注がれた吸血鬼の血だ。

強い力を宿した血が、心臓から手足の末端まで走る。細胞の全てが強化され、人間としての面影を残していた肉体が、瞬く間に、より純粋な吸血鬼のものへと変化した。背中からは羽が、口の中には牙が、臀部からは尾が伸びる。

――防げる。

目にも留まらぬ速さだった白刃が、途端に鈍く感じた。

この速さなら止められる。

「《血堅盾》」

コンマ一秒で『血舞踏』を発動する。いつもの俺なら絶対にできない芸当だ。

迫り来る白刃を、手の甲に生み出した真紅の盾で斜め上方に受け流した。

「……ミュア」

不思議と頭は混乱していない。

いきなり妹に殺されかけたというのに、何故か俺の感情は穏やかなままだ。

「これは――何のつもりだ？」

意図したわけではない。

だが、今の一言を発したと同時に、俺は全身から殺気のようなものを放っていた。

ビリビリと辺りの大気が揺れる。

しかし目の前にいる少女は一歩も退くことなく、真剣な面構えで俺を見つめた。

「兄さん。そのまま暫くお待ちください。……その力は、じきに治まる筈です」

ミュアは剣を鞘の中に戻し、戦う姿勢を解いていた。

彼女から戦意が消えていることを確認した俺は、言われた通り暫く待つ。

すると、ゆっくりと、全身を巡っていた力が消えていった。

「今、のは……」

間違える筈がない。

今のは――吸血鬼の、王の力だ。

「素質系の能力は、その人が辿り着く終着点を示しています。……例えば私の【素質系・剣】

は、私が一流の剣士になるという終着点を示すものです。実際、私は一流の剣士に近づいていますが……これは必ずしも、私の意思と合致するとは限りません」

「……どういうことだ？」

「強い素質系の能力には、引力があるんです。……引っ張られるんですよ。何もしなくても、勝手に終着点へと誘導されるんです」

同じ素質系の能力者だからか。彼女の告げる言葉の意味がなんとなくわかった。

それは恐らく、「運命」という言葉と似ている。今のミュアの言葉が正しければ、素質系の能力者は、その能力に沿った人生を歩むという運命に束縛されることになる。

「待て。じゃあ、なんだ。俺たち素質系の能力者は、未来が決まっているということか？」

「そこまでの強制力はありません。ですが、能力に関わりながら生きていると、そうなる可能性は高いと思います」

ミュアはあくまで冷静に答えた。

「素質系の能力者は、感情が昂ぶると、その引力が激しくなる時があります。そうなると途端に力が張り、一時的とはいえ終着点の力を引き出せるようになることがあります」

「……さっきの、俺のことだな」

「はい。私はこれを、潜在能力の前借りと呼んでいます」

潜在能力の前借り。……意味は文字通りか。

先程の俺は、いつかなるかもしれない王の力を一時的に前借りしたのだ。

「兄さんの能力は、【素質系・眷属】ではありませんね？」

その問いを聞くと同時に、俺は硬直した。

「ただの眷属が終着点なら、そこまで大きな前借りは生じません。……本当はどんな能力なのか、凄く気になりますが、今は敢えて聞かないことにします。きっと、その力の正体は、あまり人に言わない方がいい類いなのでしょう」

こちらの心境を察して、ミュアは言う。

「もし兄さんが、能力に引っ張られた人生を拒むというのであれば……潜在能力の前借りは極力避けてください。前借りをすればするほど、その引力は強くなります。つまり、より終着点へと近づいてしまいます」

そう言って、ミュアは心配した様子で俺の顔を見つめた。

「兄さん。どうか気をつけてください。素質系の能力は、あらゆる分野における金の卵です。下手な輩に目を付けられると――利用される可能性があります」

ミュアと模擬戦をした翌日。いつも通り、王立へイリア学園へと向かった俺は、ミュアからの忠告を思い出していた。

「……頭が痛い」

昨晩はひたすら悩んでいたため寝不足だ。おかげで目元に隈ができている。

俺の能力について、ミュアに相談したのは正解だった。

彼女のおかげで、俺は「良い情報」と「悪い情報」を知ることができた。

前者。良い情報については——どうやら俺が持つ王の力は、殺気に呼応して生じるものではないと判明したことだ。吸血鬼領で王の力を発揮した時、俺の脳内はきっと殺意で埋め尽くされていた。もしそれが王の力を発動する条件なのだとしたら、この力がどれだけ凄惨で危険なものなのか、想像に難くない。

王の力は、感情の昂りによって生じるものらしい。つまり興奮することが条件と言ってもいいだろう。殺意はあくまで、そのうちの一つに過ぎない。……吸血鬼領での件は、クレナを守りたいという感情が起因して、王の力が発動したと思いたい。

次に後者。悪い情報については——単純ゆえに頭を抱えたくなるような問題だ。

要するに俺は、亜人の王となる未来へ、着々と歩みを進めているらしい。ミュアの説明が正しければ、俺は王の力を発動する度に亜人の王へと近づいている。

『下手な輩に目を付けられると——利用される可能性があります』

ミュアの警告が、もう何度も頭の中で反芻されている。

この先、俺は誰かに利用される危険がある。

いや、もしかすると——既に利用されている可能性もあるのか？

「……どうすればいいんだ」

「何のことだい？」

「うおっ」

溜息を吐いた俺の傍に、いつのまにか友人のエディが立っていた。

背が低く、華奢な体型の男子生徒である。薄い金色の髪はサラサラで、男にしては長く肩まで伸びている。更に女っぽい顔であるため、正直言って男子用の制服を身につけていないと少女にしか見えない。そんな、一部男子の間では「学校一可愛い男子生徒」というわけのわからない評価をつけられているエディは、曇りなき眼で俺の様子を窺っていた。

「別に、何でもない」

「ふーん。まあいいや。早く購買行かないと混んじゃうよ？」

「……ああ、もう昼休みなのか」

授業中もずっと、今後の身の振り方について悩んでいたため、学園が昼休みを迎えたことに気づいていなかった。

「ライオスは？」

「先に購買に向かってる」

「ああ……うちのコロッケパン、なんであんなに人気なんだろうな」

購買で売っているコロッケパンは男女問わず大人気のメニューである。すぐに売り切れるため、あれが欲しいなら昼休みが始まると同時に購買へ向かわなければ間に合わない。

エディと二人で購買に向かい、適当にパンを買う。

今日は教室を出るのがいつもより遅かったため、殆どのパンが売り切れていた。

「ライオス、お待たせ。コロッケパン買えた？」

「おう。——やらねぇぞ？」

「そんなに警戒しなくても、奪うつもりはないよ」

エディとライオスのやり取りを聞きながら、俺はライオスが陣取っていた中庭のベンチへと腰掛ける。エディもすぐ隣に腰を下ろした。

吸血鬼領から帰ってきてからというもの、俺はこの平穏な一時に心が安らぐことを実感していた。やはり平和が一番だ。勿論、ミュアのヒモにならないためにも、ギルドで依頼を受けて魔物を狩ることは今後も続けていくが、王の力だの、利用するだのされるだのといった問題は、正直もう懲り懲りである。

「そういやぁ、そろそろ夏休みだな」

ライオスが呟く。

すっかり忘れていたが、学園はあと一週間ほどで夏休みを迎える。

クレナが転入してきたのが五月の末辺りで、吸血鬼領へ足を運んだのが六月頭だ。あの激動の日々が俺の時間感覚を狂わせたらしい。

「ライオスは何か予定あるの？」

「いや、何も。エディは？」

「僕も何もないね。ケイルは？」

エディの問いに、暫し考える。だが頭の中に予定は一切浮かんでこなかった。

「俺も、何もない」

「ま、皆そんなもんか……男三人、虚しいもんだなぁ」

ライオスが気の抜けた相槌を打った。

長期休暇を前に胸躍らせるのは極一部の者のみである。少なくとも俺に夏休みの予定は一切ない。きっと大して意味のない、退屈な日々を送ることになるのだろう。

「話変わるけど。ケイルって最近、クレナさんとよく一緒に帰るよね」

エディの言葉に、俺はパンを咀嚼しながら頭を働かせた。

さて、どう答えるべきか――。

「クレナさんだけじゃねぇぞ。こいつ、最近アイナさんとも仲良いんだ」

「え、そうなの？」

ライオスの苛立ちを露わにした言葉に、エディが反応を示した。

「俺は見たんだ。……こいつ、この前クレナさんとアイナさんに挟まれながら下校していやがった。両手に花か？　おぉ？　喧嘩売ってんのか？　あぁん？」

「いや、それは、その……」

確かに最近は放課後、三人でギルドへと直行しているため、毎日一緒に帰っている。

別にそれ自体を説明するのは問題ないが、深掘りされると困ることになる。なにせギルドで依頼を受けているのは「吸血鬼のノウン」であって、俺ではないのだ。これは俺の能力である【素質系・王】に関わる問題であるため、できれば人に知られたくない。

人間がギルドに登録する条件は、「能力を使いこなせること」だ。

これを証明するには、俺の能力についてある程度ギルドに開示する必要がある。【素質系・眷属】という偽った能力で登録することも考えたが、どちらにせよ亜人から何かしらのアプローチがありそうな気がしてならない力だ。下手に注目を浴びても困るため、俺は引き続き「吸血鬼のノウン」としてギルドで活動すると決めた。

　また、クレナの活動名「アン」についても継続することにした。ギルフォードの件は終わったが、帝国がクレナの血を狙っている件についてはまだ何も終わっていないからだ。

　現在、帝国の問題についてはクレナの母、エルネーゼさんが解決を試みている。

　一人娘に手を出されたのが相当、腹立たしかったようで、この件に関しては一任して欲しいと言われたが……まだ解決したという報告はない。一先ず、クレナは帝国の件が片付くまではできるだけ個人情報を隠した方がいいだろう。

　と、まあ──色々と複雑な事情が絡み合っているため、とにかく二人にはギルドについてあまり突っ込んで欲しくない。

　何か適当な冗談でも言って話題を逸らすか──なんて考えていると、視界の片隅に、見知った二人の少女が映った。

「あ、ケイル君だ！　やっほー！」

「こんにちは」

　満面の笑みを浮かべて手を振るクレナと、いつも通りの無表情でこちらを見つめるアイナの二人がそこにいた。

　そのまま挨拶だけで通り過ぎてくれればよかったのに、二人はこちらにやって来た。

　タイミングを考えて欲しい。ライオスの目を見てくれ……殺意が漲っている。

「あ、えーっと、二人はケイル君の友人だよね。確かエディ君と――」

「どうも」

エディが苦笑しながら会釈する。クレナは次に、ライオスの方を見た。

「――ライオス君だよね？」

「おっひゅ」

クレナに名を呼ばれたライオスが、変な声を漏らした。

「そ、そうです！　その、はい！　覚えていただき光栄です！」

直立し、姿勢を正したライオスが声を張り上げて言う。

クレナは「あはは」と苦笑いしながら、そんなライオスの奇行を無視した。元々、転入してきた時点でクレナは男子生徒から人気を集めていた。吸血鬼領から帰ってきても、その人気が下火になることはなく、今ではクレナ自身がそうした状況に慣れつつある。

「うーん、エディ君って、やっぱりいつ見ても……女の子にしか見えないよね」

「あはは……クレナさん、怒るよ？」

「ひっ、ごめんなさい！」

エディに「女っぽい」は禁句である。クレナはすぐに謝罪した。

「と、ところでその、三人とも購買なの？」

多分、話題を逸らすためでもあるのだろう。

隣のベンチに腰かけたクレナが、俺たちの持つパンを見て訊いた。

「……まあな。そういうクレナとアイナは弁当か」

「うん。どっちも自炊だよー？」

クレナが自慢気に言う。

二人はどちらも料理が得意らしい。クレナの弁当は肉と野菜がバランス良く入っており、見た目も色鮮やかだ。対しアイナの弁当は肉の割合が多く、全体的にボリューム感のある内容だった。クレナの弁当の方が女の子らしいが、男子的には後者の方が食欲をそそる。

「どちらも美味そうだな」

「えへへ」

クレナが嬉しそうに笑みを浮かべる。

「ケイルは、いつも購買？」

不意にアイナが訊いてきた。

「ああ。偶にミュア……妹が作ってくれることもあるが、基本的には購買で済ませてる。正直、飽きてきたけど……仕方ないな」

ミュアはギルドの用事で大抵家を空けている。一応、俺も料理は人並みにできるが、やはり昼食を作るのは面倒だった。購買を利用しているのは手間を省くためである。

「あ、あのさ、ケイル君」

クレナが視線を左右に揺らしながら、声をかけてくる。

「その、もしよければ——」

「ケイル。これからは私が弁当を作る」

クレナの言葉を遮るように、アイナが提案した。

まずどちらに反応すればいいのか。……硬直するクレナを一瞥してから、取り敢えずアイナの提案に対応する。

「いや、作るって言われても……え、いいのか?」

「一人分も二人分も大して変わらない」

唐突な提案だったが、俺にとっては好都合でしかない。

購買のパンに飽きていたのは事実だ。それに実を言うと、アイナの弁当を見て食欲がそそられていたのも事実だ。

「じゃあ、その、頼んでいいか……?」

「任せて。今のうちにケイルの好みとかも知っておきたかったし、丁度いいわ」

そう言って、アイナは食事を再開した。

相変わらずマイペースな性格をしている。俺はともかく、全員が彼女のこういう性格に慣れているわけではない。

苦笑するエディ。唖然とするライオス。

そして、クレナは――頬を真っ赤に染めて、プルプルと震えていた。

「――ケイル君の馬鹿！　あほ!!　【素質系・たらし】!!」

「おい最後の!?」

とんでもなく失礼なことを言い放って、クレナは走り去っていった。

「どう？」

翌日の昼休み。中庭にて、俺はアイナに渡された弁当箱を開いたところで硬直した。

「お、おぉ、これは……」

「あぁ、いや、その……」

アイナの問いに、俺は戸惑いながらも答えようとする。

蓋を開いた先にあったのは、サンドイッチだった。但しその具の殆どが肉である。

パンに挟まれた肉は、弁当とは思えないほど新鮮に見える。脂が僅かに光っており、噛めば肉汁が滴ること間違いなし。

俺はそんなアイナの手作り弁当を見て、正直な感想を述べた。

「正直……めっちゃ美味そう」

「よかった」

弁当に入った五つのサンドイッチを、ほぼ無心になって平らげる。年頃の男が満腹感を得られる量だった。とは言えアイナも同じ量を食べているため、俺のことを気遣ってこれだけの数を用意したわけではないのだろう。

「ぬぬぬぬ……」

視界の片隅で、こちらを睨んでいるクレナは無視する。

「ちっ」

一方、反対側からはライオスが俺を睨んでいた。

先日まで、昼休みはライオスとエディの三人で過ごすことが多かったが、今日はアイナに弁当を作ってもらうこともあり、アイナとクレナを加えた計五人で過ごしていた。アイナ曰く「感想が聞きたい」とのことだ。

「ご馳走様。どれも美味かった」

「よかった。他にも食べたいものがあったら是非教えてちょうだい」

アイナはいつも通りの無機的な表情で言った。

彼女がどういう感情を抱いているのかは、よく分からないが、少なくとも俺はとても満足していた。昼に肉を食べたのは久しぶりだ。

「三人とも、仲良いんだね」

場を和ませるためか、エディが朗らかな笑みを浮かべて言った。

「ていうかケイル。クレナさんは、まあ同じクラスだから分かるんだが……いつの間にアイナさんと仲良くなったんだ？」

ライオスの問いに、俺は少し過去を思い出した。

そう言えば、俺とアイナが最初に出会ったのは――。

「サバイバル演習、だよな？　確か俺が間違えて深層に入って……」

「そう。そこで私がケイルを眷属にしたことが切っ掛け」

お世辞にも良い記憶とは言えなかった。

あの日、俺はいつものように同級生に虐げられ――逃げた先でアイナと出会ったのだ。

「眷属か。……そう言えば、この前のローレンスとの決闘でも、ケイルはクレナさんの眷属になってたよね。確かに、人間の能力が使えなくても、亜人の眷属になったら問題なく戦える。……もしかして、最近三人が一緒に帰ってるのって、ケイルの修行に付き合っている感じ？」

「……正解だ」

エディが持ち前の勘の良さを発揮して、俺たちの事情を看破した。

厳密には単にギルドで一緒に依頼をうけるためだが、どうすれば俺の能力を使いこなせるのか、二人も一緒になって考えてくれているので、あながち間違いでもない。

「成る程ね。……うちの学園には色んな亜人がいるし、眷属の力を利用して戦うのであれば沢山のパターンを試せそうだね。よかったら僕も何人か紹介するけど」

「いや……気持ちはありがたいが、取り敢えず今は吸血鬼と獣人の二種類で精一杯だ」

それに、俺の能力のことを考えると、あまり見知らぬ相手の眷属にはなりたくない。

「他の亜人って言うと、天使とか悪魔とか……あと、エルフくらいか？」

ライオスが考えながら言う。

「エルフと言ったら、僕らの担任であるエリナ先生がそうだね。でも確か、エルフって簡単には眷属を作らないいんじゃなかったっけ」

「なんかそういう話を聞いたことがあるな。確か、主と眷属の関係が、かなり親密とかじゃなかったか？　……待てよ？　つまりエリナ先生の眷属になれば、実質、恋人に……」

何かに思い至ったライオスが、こちらを睨んだ。

「てめぇ！　そういう魂胆か！」

「お前と一緒にするな」

眷属の力を使いこなすのは、俺にとって死活問題だ。煩悩が入り込む余地などない。

そんな、くだらない会話をしていると――。

「あ、予鈴」

クレナが呟く。あと少しで昼休みが終わることを報せるチャイムが鳴った。

「……なあ、ケイル。次のサバイバル演習、俺らも一緒に参加していいか？」

不意にライオスが提案し、俺は驚いた。するとエディがわけを説明する。

「ケイル……君は少し薄情だよ。僕らがどれだけ君と一緒にあの演習に参加したかったと思うんだい？」

そう言われて――俺は気づいた。

ああ、そう言えば、そうだ。

俺は今まで、幾度となく二人の誘いを断って、一人で演習に参加していた。二人の足を引っ張りたくない。二人に頼りっぱなしになりたくない。友人として……一人の男としてくだらない意地を張り続けてきた。

だが、それも――もう終わりにしてもいいのかもしれない。

「……そうだな。次は一緒に行動しよう」

頷くと、ライオスとエディは笑みを浮かべた。

「というか、お前だけ美少女と一緒とか俺が許さん」

「台無しだよライオス」

エディが溜息を零した。


ヘイリア学園の名物、サバイバル演習の舞台は、定期的に変更される。

四月、五月、六月は学園の傍にある森で行われていた。

しかし七月に入った今、その舞台は――広大な岩場へと変更された。

「これは……壮大だな」

小一時間ほど馬車に揺られた後、俺は目の前の光景に驚愕した。

どこまでも続く岩場からは、自然の荒々しさが伝わってくる。砂利だらけの凸凹道だけでなく、一部の地面は割れて穴が空いていた。足を滑らせれば助からないだろう。

ここも学園が管理している場所のひとつであり、浅層と深層の区分がある。

前回は誤って深層に足を踏み入れてしまったが、今回は気をつけなくてはならない。

「全員、注目！」

サバイバル演習を担当する教師が、声を張り上げて生徒たちの視線を集める。

「この岩場は前回の舞台である森と比べて過酷な地形をしているが、魔物の数自体はそれほど多くない！　よって、本日の演習には目標を設けることにする！」

そう言って、教師は懐から翡翠色の石を取り出した。

「このディーグリン鉱石を回収すること、それが演習の合格条件だ！　各自、足元に注意して行動するように！」

生徒たちが一斉に「はい！」と返事をする。

ここからは行動を共にする仲間作りの時間だ。多くの生徒が移動して友人を探し出す。

「よお、落ちこぼれ。今日も一人か？」

「なら俺らの練習に付き合ってくれよ。へへっ」

声をかけてくる二人の男子生徒に、俺は顔を顰めた。

サバイバル演習が始まるといつもこうだ。この授業は教師の監視が行き届かないため、これを機に日頃の鬱憤を晴らそうとする輩が続出する。

日々、ストレスを溜めている人間にとって、俺は格好の的だった。

但し今日は――少し違う。

「ケイル。待たせたな」

俺の隣にライオスが現れる。

「悪いけれど、今日のケイルは一人じゃないよ」

ほぼ同時に、エディも傍にやって来た。

それからすぐに、クレナとアイナも集まってくる。

俺を痛め付けようとしていた二人の男子は、狼狽した後、目の前から去って行った。

内心、安堵して胸を撫で下ろし、それから俺はエディとライオスの方を見る。

「……お前ら、さてはタイミングを狙ってたな？」

「あ、ばれた？」

「いやー、一度こういうの言ってみたかったんだよな」

なんだ今のクサすぎるやり取りは。

助けてもらっている手前、文句は言わなかったが、正直かなり恥ずかしかった。

「さて、それじゃあケイル君。血を注ぐね」

クレナがどこか楽しそうに言った。

彼女の眷属になるのも、もう慣れたことだ。俺は制服の襟を引っ張り、首筋を露出させようとして――。

「待って。今日は私の番」

アイナがはっきりと言った。

そう言えばこの二人は、どちらが俺を眷属にするのか順番を決めていた。

「あ……そう言えば、そうだった……」

クレナが溜息を漏らして落ち込む。

「というわけでケイル。親指出して」

「あ、ああ」

獣人が眷属を作る方法は、主と眷属が同じ箇所に傷をつけ、それを重ね合わせることだ。

アイナが鋭い爪で、自らの親指を軽く刺す。次に俺の親指にも同じことをした。

互いに、僅かに血が垂れている親指を向け合い、そのまま重ねる。

「──ぐっ⁉」

ドクン、と激しい鼓動を感じると同時に、俺の全身に力が漲った。

吸血鬼の眷属とはまた勝手が異なる力だ。吸血鬼の力は血液に宿るが、獣人の力は肉体そのものに宿る。筋繊維の一本一本が強靱になっていくのを実感した。

微かな痛みと共に爪も鋭くなる。やがて五感も鋭敏になった。

「おぉ……それが獣人の眷属か……」

「見た目はあんまり変わらないんだね。てっきりアイナさんみたいに耳とか尻尾が生えるかと思った」

ライオス、エディが獣人の眷属となった俺を見て、各々の感想を述べる。

「今回はそこまで力を注いでないから。……耳とか尻尾が生えた方がいいかしら」

「ちょ、ちょっと見たいかも」

「……また今度な」

好奇心を露わにするクレナを見て、俺は首を横に振った。

常時、耳と尻尾を生やしている獣人のアイナにこれを言うのは憚られたが、正直、耳と尻尾が生えた状態で人前に出るのは少し恥ずかしい。

やがてサバイバル演習が始まった。教師の合図と共に、生徒たちが岩場に入る。

「俺たちも行こう」

そう言って、俺は四人と共に岩場へと向かった。

――ミュアに告げられた言葉を思い出す。

もし、俺が亜人の王という未来を避けたいのであれば、俺はあまりこの能力と関わった生き方をするべきではない。

だが……今の俺に、この力は不可欠だ。

まだ俺には、未来を選り好みできるほどの実力がない。

今回の演習の目標は、一人ひとつ、ディーグリン鉱石という翡翠色の石を手に入れることだ。つまり俺たち全員が合格するには、計五つの鉱石を手に入れなければならない。

「ちくしょう、落ちてねぇな……」

ライオスが足元を観察しながら愚痴(ぐち)を吐(は)く。

演習が始まって早三十分。俺たちは鉱石を探しながらどんどん岩場の奥(おく)へ移動した。

「足元、危ないから気をつけて」

先頭を歩くアイナが後方の四人へ注意を促(うなが)す。卓越(たくえつ)した身のこなしができるアイナが先導してくれることで、俺たちは安心感を抱きながら先へ進むことができた。

「魔物が来たわ」

短く告げて、アイナが足を止める。

彼女の言う通り、眼前には複数の魔物が佇(たたず)んでいた。

――ゴーレム。

身体が土、岩、鉱石などで構築された人型の魔物だ。

今、俺たちの目の前にいるのは、岩によって構築されたゴーレムだった。

その身体は辺りの岩を掻(か)き集め、固定したものなのだろう。結果的にゴーレムはこの岩場の保護色となり、近づくまで察知することができなかった。

そのゴーレムが、三体いる。

俺たちは五人だ——役割分担をせねばならない。

「私が一体倒す」

アイナが言う。

「よし。じゃあケイルは、クレナさんと組んで別のゴーレムを倒してくれ」

ライオスが言った。だがその提案に俺は不安を抱く。

「残り一体は、ライオスとエディに任せてもいいってことか？」

ゴーレムは動きこそ鈍重だが、身体が硬く、何より攻撃力が極めて高い。岩で殴りつけられて無事な人間などいるわけがない。この危険な魔物を、二人の友人に任せるのは正直不安だった。

「心配すんな。今までの演習だって、俺とエディの二人でやってきたんだ」

「そうそう。というか僕としてはケイルの方が心配だよ」

「……わかった。じゃあ、最後の一体は二人に任せるぞ」

彼らの自信満々な様子を見て、俺は二人を信頼すると決めた。

全員の戦闘準備が整ったところで、まずアイナが動いた。

獣人特有の強靭な身体能力で、彼女は凹凸の激しい岩場をものともせずに疾駆する。

手前にいるゴーレムの懐に潜り込んだアイナは、右足を軸に後ろ回し蹴りを放った。

大きな音と共にゴーレムがよろける。

「クレナ！」

「うん！」

体勢を崩したゴーレムの脇を抜け、俺とクレナが二体目のゴーレムと相対する。

『ボォオォオオオッッ!!』

ゴーレムの口から、法螺貝の音のような叫び声が聞こえる。大気を揺るがす重厚な声に、

俺は顔を顰めながら――ゴーレム目掛けて掌底を放った。

「ぐ――硬っ!?」

わかってはいたが、素手でゴーレムの身体を攻撃するのは厳しい。

直後、後退する俺と入れ替わるように、クレナが前に躍り出た。

「『血舞踏』――《血戦斧》ッ!!」

数ある『血舞踏』の中でも、破壊力に重きを置いた技が繰り出される。

真紅の斧が顕現した。斧はクレナの細腕と連動し、ゴーレムの右足を削り取る。

「ケイル君！　今ッ！」

「ああ！」

片膝をつきながらゴーレムは拳を突き出した。

獣人の鋭敏な五感は、放たれたゴーレムの拳をはっきりと捉えた。極力、無駄を削ぎ落とした動きでその拳を避け、俺は再度攻撃を試みる。

──アイナの動きを思い出せ。

片足を軸にして身体を回転させる。背中を相手に見せる一瞬だけ無防備になるが──敵は鈍重なゴーレムだ。その短い隙を狙われることはない。

「おおおぉおおおォ──ッ!!」

回転のエネルギーを足に乗せ、踵でゴーレムの胴を蹴り抜く。

アイナの時と、勝るとも劣らない轟音が響き、ゴーレムが吹き飛んだ。

「ケイル君……ぶ、武闘派っ!!」

「アイナの動きを参考にしたんだが……反動が、結構きついな……」

股関節に痛みを覚えながら、興奮した様子のクレナに言う。

アイナの動きは多分、獣人特有のものではなく純粋な体術だ。【素質系・王】の効果によって、俺は獣人の肉体の使い方がなんとなく理解できるが、アイナの技を全て模倣できるとは思わない方がいいだろう。

「って、休んでいる場合じゃない。ライオスとエディは──?」

後方を振り返る。そこでは丁度、二人の友人がゴーレムと戦っている最中だった。

「ライオス、足止めをお願い」

「おう！」

ゴーレムが突き出した拳を、ライオスは腕を交差して受け止める。

本来、人間が生身で受け止められるものではない筈だが――。

「へっ！　まったく効かねぇぞ！」

ゴーレムの拳を防ぎきったライオスは、不敵な笑みを浮かべて言った。

――【吸収系・衝撃】。

ライオスの持つ力は、はっきり言って非常に強力だ。

あらゆる現象を無効化する能力――吸収系。

ライオスの場合、その対象は「衝撃」という非常に汎用性の高いものだった。

もっとも、その力が無敵ではないことを俺は知っている。

吸収系の能力には、容量なる概念があるらしい。要するに、吸収できる量の限度だ。

ライオスはこの限度が他の吸収系の能力者と比べると低いらしく、本人もそれを「唯一にして最大の欠点」と言っている。

「ありがとう、ライオス」

いつの間にかゴーレムの背後に回っていたエディが短く礼を述べる。

次の瞬間、ゴーレムは光の杭によって串刺しにされていた。

これが、エディの能力だ。

――【支配系・光】。

光を操作する、非常に強い能力である。よく支配系の能力は制御が難しいと聞くが、当事者以外からはそんなことは全くないように見えた。

エディの能力によって、ゴーレムは完全に沈黙する。そこへライオスが追撃をかけた。

「さっきのお返しだ」

そう言って、ライオスはゴーレムに正拳突きを放った。

吸収系の能力は無効化するだけではない。無効化した力を吐き出すこともできる。

先程、ライオスが受け止めたゴーレムのパンチ。その威力をそのままにして、ゴーレム自身に返した。ゴーレムの巨体がゆっくりと傾き、やがて高い段差から落ちていく。

「どうよ！　俺らだって、それなりに強いんだぜ！」

ライオスが得意気に言った。

傷一つ受けることなく、完全勝利を果たしたライオスとエディに、俺は苦笑する。

「知っている。……だから頼りたくなかったんだ」

ライオスとエディの実力は高い。それを知っているからこそ、俺は今まで演習の時、二人を遠ざけていた。

二人が傍にいれば、俺が何もしなくても、大抵の問題が解決してしまう。それは俺にとって耐え難いことだった。友として、二人の重荷にだけはなりたくない。一方的に情けを掛けられたくはなかった。

二人の力を改めて確認して、俺は——やっぱり間違っていなかったと思う。

これまでの演習で二人を頼っていたら、きっと今の俺はここにいない。

「しかし、ケイルも凄いよね。いくら獣人の眷属になったからといって、いきなりそんな風に動けるものなの？」

エディが訊く。その疑問はもっともだった。眷属になるだけで、これだけの力が手に入るなら——きっと多くの人間が亜人の眷属になりたがるだろう。

「急には無理だ。練習する必要がある」

半分嘘だが半分は本当だ。俺の能力【素質系・王】は、膨大な潜在能力こそ秘めているものの、素質系のカテゴリであることに変わりはない。

素質系の能力は、努力することで真価を発揮する。吸血鬼領から帰ってきてからというもの、俺はギルドの依頼をこなす過程で、眷属としての戦い方を学び続けていた。

「ま、取り敢えず……ケイルが単に、クレナさんやアイナさんとイチャイチャしてるだけじゃねぇってことはわかった」

そう告げるライオスだが、その表情はまだ複雑そうだった。

探索を再開する。俺たちは雑談しながら、鉱石を探した。

「そう言えば、ケイル」

「ん？」

ふと、アイナが鉱石を探す俺を呼んだ。

「好みの女性について教えて欲しい」

「んなぁっ⁉」

俺が驚くよりも先に、クレナが奇声を発した。

冗談にしか聞こえない問いかけだが、アイナは真剣な顔で俺を見ていた。

「こ、好みと言われても……その、なんで？」

「とても重要な話。できるだけ事細かに教えて欲しい。年齢、性格、体型……性癖も一緒に教えてくれると助かる」

「性癖って……」

隣を一瞥すると、ライオスが鬼の形相をしていた。

これでも健全な男子。好みもあるし性癖もある。

だが、それを……こんなところで語るのは、どうなんだ？

「歳は自分と近い方がいい？」

「ああ、まあ、どちらかと言えばそうだな……」

「明るい性格が好き？　それとも物静かな性格が好き？」

「いや、その……どちらでも……」

アイナの質問に、狼狽しながら答えていると、

「こいつロリコンだぜ」

「ちげーよ‼」

適当なことを言うライオスに、思わず怒鳴る。

アイナは生真面目なところがあるため、真に受けてしまうかもしれない。

「そ、そうなの、ケイル君……？」

「……クレナも真に受けるな」

動揺した素振りを見せるクレナに、俺は溜息を吐いた。

「わかった。用意しておく」

アイナが言う。

用意って、どういう意味だよ……。

「ケイル君、私、その……ど、童顔だよ⁉」

「やめろ……頼むからこれ以上、俺を混乱させないでくれ……っ！」

ロリコンじゃないって言ってるだろ。

ゴーレムを倒した後。

演習の合格条件であるディーグリン鉱石は、今のところ四つ集まった。

俺たち五人が全員合格するためには、あとひとつ必要である。

「うーん……何処にもないね」

クレナが溜息交じりに呟いた。

かれこれ二時間近く探しているが、最後のひとつが中々見つからない。

「既にこの辺りは、全部取られた後かもしれないね」

エディの一言が俺たちの肩に重くのし掛かった。

はっきり言って、俺たちは岩場という地形を舐めていた。凹凸の激しい砂利道では常に足腰に力を入れる必要があり、大きな段差を上ると足に負担がかかる。

体力の消耗が思った以上に激しい。クレナ、エディ、ライオスが肩で息をする中——体力に余裕があるのは俺とアイナの二人だけとなった。

どうやら獣人の眷属になれば、体力も向上するらしい。身体能力が全体的に人間の時と比べて高くなっている上、身体の使い方も効率的になっているのだろう。俺とアイナの二人だけは、微かに汗を垂らす程度の消耗に留まっていた。

「ん？　……なんだあれは？」

足を止め、前方に見える何かに注目する。

岩場を進んだ先に、小さな構造物らしきものが見えた。

「あれって……人工物、だよね？」

「……こんなところにか？」

自信なさげに言うクレナに対し、俺は疑念を抱いた。

だが近づいて、改めて見てみると、それは紛れもなく人工物だった。

「なんだこりゃ。遺跡か？」

ライオスが首を傾げる。

俺たちの目の前には、不思議な建物があった。屋根は完全に崩壊しており、太い柱だけが左右に屹立している。床はひび割れ、壁も殆どが崩れ落ちていた。

「もしかして、神族の遺跡かな？」

　エディの言葉に、全員が振り返る。

「聞いたことない？　最近、世界各地でこういう遺跡が発見されてるんだって。学者たちの話によると、かつて実在したとされている伝説の種族……神族が築いた遺跡の可能性があるらしいよ」

　神族――聞いたことがある。

　それは伝承でのみ語り継がれてきた、伝説の一族だった。

　伝承によると、かつてこの世界には亜人が存在しなかったらしい。亜人という種族はある時を境に突然誕生したそうだ。

　亜人が生まれると同時に、世界は大きな混沌に包まれた。その混沌を鎮めたのが神族と呼ばれる者たちだ。彼らは種族という概念を作り、人間と様々な亜人が共存できる世界を構築した。つまり――今の俺たちが生きるこの世界の、礎を作ったのだ。

「えっと……確か、物凄く高度な文明を持っていたと言われている種族だよね。でも、あれって伝承の話なんじゃないの？」

「今のところはね。だから、こういった遺跡を研究することで、その伝承の真偽がはっきりするかもしれないって話題になっているらしい」

　エディの説明に、クレナは「へぇー」と関心を示した。

「まあでも、今はそんなことよりも、ディーグリン鉱石だな」

「ライオスの言う通りだね。この辺りを探してみよう」

皆で手分けして遺跡の周辺を探す。だがディーグリン鉱石は見つからなかった。

「お、地下へ続く入り口があるぞ」

ライオスの声に、俺を含む他四人が集まった。

見れば、崩壊した屋根と思しき瓦礫の下に、地下へと続く階段があった。辺りの瓦礫が邪魔で階段の先はよく見えない。ここを通るにはまず瓦礫を退かす必要がありそうだ。

「どいて」

アイナが短く言って、瓦礫の下に片足を挟む。

そして勢いよく瓦礫を蹴り飛ばした。

「お、お見事……」

涼しげな顔で瓦礫を吹っ飛ばしたアイナに、俺は苦笑しながら礼を述べた。

「一応、先まで続いているね……えっと、どうしよっか?」

クレナが階段の先を覗き込んで言う。

現状、体力に余裕があるのは俺とアイナの二人だけだ。

「二手に分かれましょう。体力に余裕のある私とケイルで、この中に入ってみるわ」

アイナの提案に、クレナは一瞬不満気な顔をした。

だがその提案は合理的だった。誰か一人が不合格になって成績が下がってしまうくらいなら、そうした方がいい。

「そうする他ないかな。正直、今の僕らがついて行っても戦闘に参加できそうにないし」

エディが納得した様子を見せる。ライオスも同様の反応を示した。

「二人とも……気をつけてね」

クレナの言葉に、俺とアイナは首を縦に振って、階段を下りた。

「流石、獣人だね。体力が桁違いだ」

階段を下りていくケイルたちを見届けた後、エディが言った。

獣人の種族特性は単純ゆえに隙がなく、汎用的だ。高度な身体能力に鋭敏な五感。これらの特徴があることで、獣人は戦闘や探索など、野外活動全般において有利に活動できる。

「うぅ……心配だなぁ。やっぱり私もついて行った方がよかったかなぁ……」

吸血鬼の少女クレナは、階段の傍を不安気な様子でうろうろしていた。

だが彼女の体力も限界に近い筈だ。ケイルやアイナだけでなく、エディとライオスも気づいている。不安定な足場を進む際、クレナは何度も躓き、転びかけていた。これ以上の無理はできない。

「クレナさん、少し落ち着いて。今の僕らにできることは体力を回復することだ。……余裕ができたら、もう一度この辺りを探してみよう」

「……うん、そうだね」

エディの言葉を聞いてクレナが落ち着きを取り戻す。

そうして暫くの静寂が続いた後、ライオスが意を決した様子で口を開いた。

「あ、あの、クレナさん！　じ、実は少しお話ししたいことがあるんですが！」

緊張した様子のライオスに対し、クレナは苦笑いする。

「その、前から言おうと思ってたんだけど、同じクラスだし敬語はなしでいいよ？」

「わ、わかりました！」

「いや、わかってないじゃん……」

クレナが複雑な表情でライオスを睨んだ。

ライオスに悪気があるわけではない。隣ではエディも溜息を零していた。

「じゃあ、クレナさん。その……話があるんだ」

改めて、ライオスは真剣な面持ちでクレナに言った。

「ケイルのこと、よろしく頼む」

その一言に、クレナは目を丸くする。

ライオスは続けた。

「クレナさんは……あいつの妹が、剣姫だってことは知ってるよな？」

「それは、うん。知ってるけれど」

「多分、それが原因のひとつだとは思うんだが……あいつは、一方的に助けられることを、避けようとする癖がある」

ライオスはどこか悔しそうに語った。

「ケイルは、大きな問題を抱えているわりに、人に頼ろうとしねぇんだ。……この歳になって、未だに能力を自覚してないんだぜ？　こんなの普通は有り得ねぇよ。

本来ならもっと人に頼るべきなんだ。でも、あいつはそうしねぇ。自分は今まで散々頼ってきたから、これ以上は頼りたくない。そんな風に思っていやがる」

ライオスの話を聞きながら、クレナは以前、ケイルから聞いたことを思い出した。

クレナがライオスとエディを知った切っ掛けは、ケイルに紹介されたことだ。

長い間、ケイルは学園で「落ちこぼれ」と罵られてきたが、それでもライオスとエディの二人だけは友人として傍にいてくれたと、ケイルは嬉しそうに語っていた。

だがその長い間、ケイルは恐らく二人の手助けを拒み続けてきたのだろう。

聞くところによると、ケイルは今までたった一人でサバイバル演習に臨んでいたらしい。

無茶もいいところだ。能力が使えない状態で、こんな厳しい環境にたった一人で立ち向かうなど、無謀と言っても過言ではない。

少なくとも自分にはできないと、クレナは思った。そんな無謀なことを、ずっと続けてきたからこそ——ケイルの精神は強靭なのかもしれない。

だが、その精神の強さは、きっとどこか歪んでいる。

ライオスが言いたいのはそういうことだ。

「だから俺は正直、今のケイルを見て少し安心している。亜人の眷属になることで戦う力を手に入れる……いいじゃねぇか。だって、眷属になるには必ず誰かに頼らなくちゃいけない。あいつは自分一人で何でも抱え込もうとする性格だから、そのくらいが丁度いい。できれば、ケイルの力になってやってくれ。……あいつ、俺らだと遠慮するからよ」

普段、がさつな態度を取っているだけに、今のライオスは一層真剣に見えた。

「うん、わかった」

クレナはそんなライオスの言葉を、真っ直ぐ受け止める。

「……ライオス君って、結構優しいんだね」

「おっふ」

クレナの純真無垢な微笑を目の当たりにして、ライオスの心臓が激しく鼓動した。

一瞬でいつもの様子に戻ったライオスに、エディは苦笑しながら口を開く。

「僕も、クレナさんに訊きたいことがあるんだけれど……アイナさんって、どういう人なのかな？」

エディの問いに、クレナは小首を傾げた。

それは、どういった意図の質問なのだろう。

「ごめん、ちょっと言葉足らずだったね。一応、僕は勘がいいということで通っているんだ。だからまあ、その……クレナさんが、ケイルのことをどう思っているのかはなんとなくわかるんだけれど……」

「え……えっ⁉　ど、どういうことかな⁉　何のことかな⁉」

「言っていいの？」

「…………駄目です」

困惑の末、頬を紅潮させたクレナはか細い声でそう言った。

傍らで話を聞いていたライオスは、エディが何を言っているのか理解できず、不思議そうな顔をしている。

「アイナさんも、最初はクレナさんと同じ感情を抱いていると思ったんだ。でも暫く観察していると……違うと気づいた。アイナさんのケイルを見る目は、どこか打算的だ」

神妙な顔で語るエディに、クレナも我に返った。

「何の根拠もないただの憶測だけれど、嫌な予感がする。……できれば、クレナさんも注意して欲しい」

もしかしたら、何かが起きるかもしれないから。

後に続く言葉を理解したクレナは、小さく首を縦に振った。

アイナと共に遺跡の地下へと進む。

階段を下りるにつれて辺りは暗くなっていったが、最後まで下りると視界が明るくなった。壁面に備え付けられた燭台が、小さな灯火で辺り一帯を照らしている。

灯りが点いているということは、ここが探索されるのは学園にとって想定内ということだろうか。

「ここは毎年サバイバル演習の舞台に選ばれている。恐らくこの遺跡も探索済みの筈」

黙り込む俺の心境を見透かしてか、先行するアイナが言った。

「しかし、ディーグリン鉱石がこの遺跡内にあるのか怪しいな」

「自然と落ちていることはないと思うけれど、さっき地上で、地割れの間にディーグリン鉱石を見つけた。多分、この辺りの地層にも混じっていると思う」

そう言って、アイナは剥き出しになった地層に触れた。

遺跡の地下は、地上と同じく床や天井がひび割れており、壁面の一部からは土が露出していた。

燭台の灯りを頼りに、アイナと二人で鉱石を探し続ける。

十分ほど歩き続けた後、唐突にアイナが足を止めた。

「……この先に魔物がいる」

「……了解」

遺跡の地下は、狭い通路と小さな部屋で構成されていた。

恐らく魔物がいるのは通路の先にある部屋だろう。部屋の広さから考えて、やり過ごすのは難しい。戦闘になる筈だ。

獣人の身体能力を意識して、両手両足に力を入れる。

肉体の調子を確かめていると……アイナが無言でこちらを見ていることに気づいた。

「王の力、使えるようになった？」

いつも通りの無機的な瞳。

けれど、どこか試すような視線に貫かれ、俺は微かに鼻白む。

「……いや。まだ使いこなせているとは、とても言えない」

正直に答えると、アイナは顔を伏せ、神妙な面持ちでブツブツと何かを呟いた。

「吸血鬼の時は、もっと速いペースで王に近づいていた筈。獣人の場合は成長が遅い……？　どうして………」

足を止め、思考を声に出して漏らすアイナに、俺は違和感を覚えた。

王の力を使いこなせるように努力しているのは、あくまで俺の意思だ。

俺が俺の能力を自由に制御できるようになりたいと考えるのは当然のことだが――何故、アイナが俺の王の力に固執する？

「もしかして……まだ、獣人の力を見せてないから？」

一頻り呟きを零していたアイナが、何かに思い至る。

やがて彼女は意を決した様子でこちらを振り向いた。

「ケイル。次の戦闘、よく見ておいて」

「見ておけって……俺は戦闘に関わるなってことか？」

「そう。これからケイルに、獣人の戦い方を教える」

そう言ってアイナは再び歩き出し、魔物がいると思しき部屋へと向かった。

狭い通路を突き当たりまで進むと小さな部屋へと辿り着く。床も壁面も崩れたその部屋に、大きな人型の魔物が二体、佇んでいた。

「……ゴーレムか」

地上で戦った魔物と同種。だがその見た目は随分と違う。

ゴーレムは周囲の石や岩、泥で身体を構築する。地上で交戦したゴーレムは岩の身体だったが、今、俺たちの目の前にいるのは土と鉱石でできたゴーレムだった。

「アイナ。本当に任せてもいいのか？」

「ええ。代わりに——私のことを、ちゃんと観察して」

自信に満ちたアイナの返答を、俺は信頼した。

アイナは悠然とした足取りでゴーレムのもとへ近づく。

そして——次の瞬間。

アイナの存在感が、一気に膨れ上がった。

「なッ⁉」

アイナの全身から得体の知れない力が溢れ出していた。

存在感、威圧感、気配、気——どう表現すればいいのかわからない。

ただ、獣人の眷属となった俺の、研ぎ澄まされた直感が反応していた。

アイナは、今——存在を昇華させている。

その右腕が突然、虎模様の毛皮に覆われた。

筋肉が膨張し、元々鋭利だった爪が更に太く、長くなる。

人の腕ではない。獣人の腕でもない。

それは最早、人という枠から外れた――獣の腕だった。

「ふぅぅぅぅ――――ッ‼」

細く呼気を発し、アイナがゴーレム目掛けて腕を振るう。

豪快な風圧が放たれた後、少し遅れて爆音が轟いた。

頑丈なゴーレムの身体が、虎の右腕に殴り飛ばされる。

尋常ではない破壊力からは、やはり理知の欠片も窺えない。人が魔物を圧倒しているようには見えず、化物が化物を叩きのめしているように見えた。

一体目のゴーレムがあっという間に活動を停止する。

二体目のゴーレムが地響きを立てながらアイナへ接近した。

恐怖を知らない土と鉱石の塊は、次の瞬間、一体目と同じ末路を辿る。

膨れ上がった獣の腕は暴力的な破壊を実現した。豪快に、無惨に、ゴーレムの腹を抉り取る。ゴーレムの身体を構築していた土と鉱石が、盛大な破壊音と共に辺りへ飛び散った。

「はぁぁぁぁぁ――」

二体のゴーレムを倒したアイナは、目を閉じて、長く息を吐いた。

心を落ち着かせている素振りに見える。アイナの右腕が徐々に獣のものから人のものへと戻った。

「アイナ、今のは……？」

「『部分獣化』。今からケイルには、この技を覚えてもらう」

理解が追いつかない俺の疑問に、アイナは振り返って答えた。

「もう一体、付近にゴーレムがいる。ケイルにはそのゴーレムを、『部分獣化』を使って倒して欲しい」

アイナの言葉を聞いて、俺の困惑は一層膨らんだ。

元々、感情の機微が乏しいアイナは、何を考えているのかわからないことが多かった。

だが今回は——度が過ぎている。

「……待ってくれ。まずはその『部分獣化』について、教えてくれないか？」

「『獣化』は獣人が持つ種族特性のひとつで、肉体を獣の姿に変えることができる。但しこれは獣人の中でもできる者とできない者がいる。吸血鬼の『血舞踏』に近いと思うわ」

吸血鬼の『血舞踏』も、一部の吸血鬼しか使えない。

成る程。今の説明で、取り敢えず獣人には『獣化』という技があると理解した。

「だが、それなら、俺が『獣化』を使える保証はないぞ？」

「そんなわけがない」

アイナはきっぱりと否定する。

「『獣化』は優れた獣人なら例外なく会得できる。歴代の獣人王も全て『獣化』を使えた。なら――【素質系・王】という力を持つ貴方が、『獣化』を使えない筈はない」

アイナの意図は相変わらず読めないが、発言自体は冷静で、論理的だった。

確かに歴代の王が使えたのであれば、俺にも使用できる可能性が高い。

「ゴーレムが来る」

アイナが言うと同時、遠方から地響きがした。

ゴーレムの足音だ。地面の揺れは徐々に激しくなり、ゴーレムの接近を肌で感じた。

「ケイル。『部分獣化』を」

「きゅ、急にそんなこと言われても……どうすれば使えるんだ」

「意識を集中させる。己の中に巣食う獣に、身体の一部を差し出すイメージ」

具体的とは程遠い、曖昧な教えだった。

だが吸血鬼の『血舞踏』を使った時も、俺は正しい手法を教わったわけではない。

『ボォオオォオオッッ!!』

ゴーレムが俺たちの存在に気づき、重たい声を響かせた。

今度はアイナが俺の戦闘を見守る番らしく、彼女は戦う姿勢を解き、部屋の片隅でじっと俺を見つめていた。

一度瞼を閉じ、こちらに近づくゴーレムの存在を忘れる。

感覚を頼りにして、告げられた言葉通りのイメージを描いた。

――多分、できる。

獣人としての直感。いや、【素質系・王】が仄かな手応えを返した。

一部の獣人にしか使用できない『部分獣化』を、俺ならきっと使うことができる。

しかし――。

「くっ⁉」

目を開くと同時、ゴーレムの巨大な腕が迫っていた。

身体を翻して腕を避け、そのまま大きな一歩で後退する。

――『獣化』を使えば、簡単に倒せるのだろう。

先程のアイナの戦いを思い出す。

一目見るだけでわかった。あの力は強大だ。吸血鬼の『血舞踏』と同じように、『獣化』は獣人にとっての強い武器となる。

獣人の眷属になってまだ日も浅い俺だが、『獣化』さえ使えれば、ゴーレム相手に苦労することもない。頭を回すこともなく、余分に体力を消耗することもなく、大体の敵を倒せるようになるかもしれない。

それでも――。

『潜在能力の前借りは極力避けてください』

その一言が、脳裏を過ると同時。

俺は、ゴーレムに肉薄していた。

「おぉおおぉぉぉおぉお――――ッッ!!」

強化された獣人の肉体に物言わせて、強引にゴーレムの胴体へ蹴りを叩き込む。

体勢を崩したゴーレムの膝関節へ素早く二回目の蹴りを打ち込むと、ゴーレムがゆっくりと前のめりに倒れ始めた。

巨大な体躯のゴーレムは、当然、かなり重い。

その自重を利用する。

「せあッ!!」

前方から真っ直ぐ倒れてくるゴーレムの頭部を全力で蹴り抜いた。

蹴りの威力と、倒れるゴーレムの自重が合わさり、激しい一撃が炸裂する。

ゴーレムの頭部は吹き飛びこそしなかったが、後方へ折れた。

ゴーレムが倒れ、首の皮一枚で繋がっていた頭部が胴体から離れる。

倒れ伏した巨体は、二度と起き上がることがなかった。

「どうして、『部分獣化』を使わなかったの？」

傍観に徹していたアイナが、睨むような目で俺を見た。

「……先日。同じ素質系の能力者である妹に、俺の力について相談してみたんだ」

付近に敵がいないことを確認した後、俺はアイナにミュアから聞いた話を伝えた。

素質系の能力者は、能力の対象となる未来へ誘われる「引力」を受けていること。

潜在能力の前借り――これを続けると、俺は亜人の王へと近づいてしまうこと。

「恐らく、『部分獣化』を使うことはできる。だがそうした場合、俺はまたしても潜在能力の前借りをする羽目になる」

「……だから『部分獣化』を使わなかったと？」

「ああ。……安易に前借りを続けていたら、本当に俺は、亜人の王になってしまうかもしれない」

現実感がない。やはり自惚れではないのかと思う。

しかし先月、俺は確かに吸血鬼の王にも匹敵する力を行使した。王弟ギルフォードを打倒したあの力は、夢でも幻でもなく本物だ。

「ケイルは、王になりたくないの？」

アイナが訊く。

その問いは――俺にとって、完全に予想外だった。

――王になりたくないの？

言われてみれば、どうなんだろう。

亜人の王へと近づいているかもしれない。その可能性に至った時、俺は「分不相応だ」と思った。自分のような人間がひとつの種族の王になるなど、馬鹿げた話だと考えた。

しかし、俺自身はどう思っているのだろうか。

黙り込む俺に対し、アイナは真剣な面持ちで口を開いた。

「ケイル。私は、王を欲している」

決意を灯した双眸で、彼女は真っ直ぐ俺を見据えた。

「次の長期休暇。私の故郷……獣人領に来て欲しい」

こちらを見つめるアイナの表情は、どこか必死に見えた。

サバイバル演習は、全員無事に合格することができた。

　俺が倒したゴーレムの身体にディーグリン鉱石が埋まっていたのだ。それを取り出して遺跡の地下から出た俺とアイナは、地上で待機していたクレナ、ライオス、エディの三人と合流して演習の担当教師へ鉱石を提出した。

　そして、演習が終わった翌日。

　俺は家で、妹のミュアに獣人領へ行くかもしれないという話をした。

「駄目です」

　正面に座るミュアが、頑なな態度で告げる。

「吸血鬼領の次は獣人領ですか。……兄さん、最近外出の頻度が高くないですか？」

「まあ、そうかもしれないが……別に長い期間、滞在するわけでもないし、それほど問題はないんじゃないか？」

「問題大ありです！　私と兄さんの、水入らずの時間が減ってしまいます！」

　ミュアは興奮した様子で告げた。

「兄さん！　これは由々しき事態ですよ！」

「ゆ、由々しき事態……？」

「ええ！　兄さんは、あのちんちくりんな吸血鬼と知り合ってから、私と一緒に過ごす時間を蔑ろにしています！　これはもう、家庭崩壊と言っても過言ではありません！」

「家庭崩壊って……そこまで酷くはないだろ。特に何も、崩壊してないし」

「いいえ！　崩壊しています！　主に私のメンタルが！」

自身の胸を強く叩いてミュアは言う。

どうしてそんな訳の分からないことを、ここまで真剣に力説できるのだろうか。

「その……確かに最近、ミュアと一緒に過ごす時間は減っているかもしれないが、蔑ろにしているわけじゃないぞ？」

「じゃあなんで、他の女と旅行するんですか！」

性別は関係ない筈だ。

「獣人領に行きたいなら、私と二人で行きましょう！　家族旅行に勝る旅なんてありませんよ！　兄さんと旅ができるなら、ギルドなんて辞めてもいいくらいです！」

それは多分、色んな人に迷惑をかけるからやめてほしい。こんな下らないことで剣姫がギルドを辞める羽目になったら、きっと俺はこの国のお偉方に目を付けられ、闇討ちされてしまう。……ミュアならそれすら難なく撃退してしまいそうだが。

「ミュア、聞いてくれ」

少しだけ真剣な声音で、俺は告げた。

「獣人領に行く目的なんだが……もしかしたら、友人が困っているかもしれないんだ」

「……困っている、ですか？」

「ああ。誘ってくれた友人の様子が、ちょっと変でな。何かに悩んでいるように見えたんだ。……俺は今まで、その人の世話になってきたから、恩を返したいんだよ」

演習で、アイナと話したことを思い出す。

俺を獣人領に招待したアイナの様子はどこか変だった。何か必死で、切羽詰まっているように感じた。

私は、王を欲している。――あの言葉の真意は何だろうか。

「……ずるいです」

ミュアは視線を下げて言う。

「そんなこと言われたら……駄々をこねる私が、子供みたいじゃないですか」

こんな話をしなくても十分子供っぽいが……。

とにかく、無事に説得できたようで一安心する。

「兄さん」

ふと、ミュアが神妙な面持ちでこちらを見る。

「能力の使いすぎには、ご注意を」

その忠告に、俺は「ああ」と返すことしかできなかった。

第二章 獣人領へ

それから三日後、王立ヘリイア学園は一学期の終業式を迎(むか)えた。

学園の生徒たちはこれから二ヶ月近く、長期休暇を満喫(まんきつ)できる。

ほんの少し前まで、俺には長期休暇の予定なんて一切(いっさい)なかったのだが——今は違(ちが)う。

長期休暇、三日目。

俺とクレナは、アイナの案内のもと、獣人領へと向かっていた。

「獣人領はあの森の中にある」

御者台(ぎょしゃだい)に座るアイナが言う。

彼女が走らせる馬車の荷台に、俺とクレナは腰(こし)を下ろしていた。

獣人領は王都から馬車で三日ほどかかる森の中にある。今はその三日目だ。

ようやくその森が見えてきた。学園のサバイバル演習を行った森とは規模が違う。広大で瑞々(みずみず)しい緑に覆われた、自然の塊だった。

「このまま真っ直ぐ森の中へと入るのか？」

「裏手に舗装された道があるから、少し迂回する」

アイナが慣れた手つきで馬車を操縦し、車体を森の右側へと向かわせた。

獣人なだけあって、馬の扱いにも長けているのかもしれない。

「むー……」

隣で腰を下ろすクレナは、頬を膨らませてあからさまに不満気な顔をしていた。

元々、この長期休暇に獣人領へ赴くことになったのはアイナの提案だ。最初は俺のみに対する提案だったが、後日、話を聞きつけたクレナが「私も一緒に行く！」と言って聞かなかったのだ。

斯くして長期休暇の前半は、獣人領への旅行となったわけだが、クレナの機嫌はあまり良くない。

その理由は、多分、今の俺の状態だろう。

「確かに今から向かうのは獣人領だけど……ケイル君が獣人になる意味はあるの？」

「吸血鬼領の時はずっと吸血鬼の眷属だったから、今度は私の番」

「むぅ……」

そう言われるとクレナも納得するしかないのだろう。

クレナは口を噤み、無言で俺を睨んだ。……睨まれても困るが、道中、魔物に襲われる可能性を考慮すると俺はどちらかの眷属になるしかない。獣人領へ向かうのだから、獣人になった方が何かと好都合なことも多いだろう。

「森には魔物も多く棲息している。各自、気をつけて」

アイナの言葉に、俺とクレナは頷く。

馬車を操縦するアイナに代わり、俺とクレナが荷台から魔物の接近を警戒した。

「二人とも っ！」

クレナが声を張り上げる。馬車目掛けて、数匹の魔物が接近していた。

「サイス・モンキーか……アイナと初めて会った時を思い出すな」

尾が刃になっている猿型の魔物、サイス・モンキー。

サバイバル演習で、俺がアイナと出会った直後、彼女の眷属として最初に戦った魔物だ。

素早く、的が小さい上に、一撃の殺傷力が高い。

加えて群れで行動する習性があるため、極めて危険な魔物だ。

「私が群れを分断する。ケイルとクレナは、散らばった個体を撃破して」

そう言ってアイナは馬車を止め、御者台から地面に下りる。

俺たちの意思を確認することなく、彼女は単身、サイス・モンキーの群れへと特攻した。

魔物の数は——六匹。

最前列にいた個体が、アイナの鋭い蹴りを受けて宙を舞った。

サイス・モンキーたちが悲鳴を上げ、アイナから離れるように散り散りになる。

「クレナ！」

「うん！」

群れの陣形が乱れたと同時、俺とクレナもサイス・モンキーへ接近した。

獣人の肉体は接近戦に向いている。アイナを警戒するあまり、後方への注意を怠ってしまった個体目掛けて俺は疾駆した。サイス・モンキーが接近する俺の存在に気づき、慌てて体勢を整えようとするが、もう遅い。

雑に振り回された刃の尾を避け、その顎下を爪先で刺すよう蹴りを放つ。

同時に、クレナも『血舞踏』を駆使して一匹のサイス・モンキーを倒した。

まだ余力はある。次の狙いを定めようと周囲へ視線を巡らせた俺は——丁度、アイナが三匹目のサイス・モンキーを倒す場面を目撃した。

「……こっちが一匹倒している間に、アイナは三匹か」

やはりアイナの強さは獣人としての才能だけではない。長い鍛錬に裏打ちされたその技術は、【素質系・王】だけでは再現できない。

——俺の能力で再現できるのは、あくまで才能だけだ。

才能を手に入れられる俺だからこそ、アイナの実力がよく理解できる。

きっと血の滲むような努力を続けてきたのだ。獣人としての才能があるだけでは、あれほどの技術を身につけることはできない。

「ケ、ケイル君！」

同級生との差を目の当たりにして悔しさを感じていたところ、クレナの声が聞こえた。

振り返ると、そこには——馬車の荷台に載せていた荷物を、こっそり奪おうとしているサイス・モンキーがいた。

『キキッ‼』

こちらの視線に気づいたのか、荷物を奪ったサイス・モンキーは素早く森の方へと逃げていく。

「あ、あの荷物の中には、食糧も沢山入ってるのにっ⁉」

「俺が追いかける！　アイナにはすぐ戻ると言っておいてくれ！」

吸血鬼のクレナよりも、獣人の肉体を持つ俺の方が足は速い。

クレナに一言伝えた後、俺は荷物を奪ったサイス・モンキーを追った。

荷物を奪ったサイス・モンキーは、ひたすら森の奥へと逃走した。

「こ、の――ッ!!」

獣人の肉体があるとはいえ、俺自身が森という環境に慣れていない。

生い茂る草を掻き分け、入り組んだ木々の間を抜け、どうにかサイス・モンキーに追いついた俺はその尻尾を鷲掴みにした。

「捕まえたッ!!」

『ギッ!?』

尾を掴まれたことでサイス・モンキーは驚き、奪った鞄を地面に落とす。

強引に尾を引っ張り、体勢を崩したサイス・モンキーの顔へ拳を突き出した。ベキリと骨の折れる感触が返ってくる。

倒れ伏したサイス・モンキーは、それ以降起き上がることはなかった。

奪われた鞄を取り返し、小さく呼気を発す。

そして、辺りを見渡して――俺は気づいた。

「……何処だ、ここ」

四方八方、見慣れない景色が続いている。どうやらサイス・モンキーを追うことに夢中になるあまり、俺は森の中で迷子になってしまったらしい。

アイナの話によると、この森の中に獣人領がある。しかし森は広大であり、獣人領に該当するのは森全体の一割近くとのことだ。方角すら分からないこの状況で、運任せに獣人領へ向かうのは難しいだろう。

目に見える範囲で、少し歩いてみることにする。森の外へ出るための道が見つかれば重畳。見晴らしのいい場所でもあればいいのだが……そんな風に思いながら暫く歩き続けたが、残念なことに森の外へ繋がる道は見つからなかった。

「……ん？」

視界の片隅に、灰色の物体が見える。

岩のように見えたが違う。それは——もっと巨大な建造物だった。

——人工物？　こんな森の奥に？

大きな石で組み立てられた、廃墟のようだった。床や壁面は半壊しており、下手に近づくと一気に瓦解してしまいそうな不安定な状態である。

人が住んでいるとは思えないが、ひょっとしたらこの森を抜けるためのヒントがあるかもしれない。そう思って建物の方へ向かうと——魔物の気配がした。

「……くそっ」

また面倒なタイミングで遭遇してしまった。

身の丈三メィトルほどある、人型で緑色の魔物。

ゴブリンの上位種――ホブ・ゴブリンだ。

吸血鬼領へ向かう前、ギルドの依頼でアイナと共に戦った魔物である。

――使うか？

ここで、王の力を使うべきか？

以前戦った時は、最終的に俺が吸血鬼の王の力を発揮してホブ・ゴブリンを倒した。

だが今、そこまでの力を引き出すべきかというと……。

「下がっていなさい」

横合いから声をかけられる。見れば大きな樹木の陰に、一人の獣人がいた。

歳は五十か六十か、顔に多数の皺を刻んだ男だ。しかし灰色の外套から覗く手足は傷だらけで逞しい。歴戦の猛者を彷彿とさせる風格があった。

男とホブ・ゴブリンが対峙する。先に動いたのはホブ・ゴブリンだった。大きな腕を横薙ぎに振るい、獣人の男を吹き飛ばそうとする。

危ない――俺がそう叫ぶよりも早く、男はゆらりと身体を動かす。

右横から迫る魔物の巨腕に対し、獣人の男は羽虫を払いのけるかのような動作で右腕を振るった。ただそれだけで、轟音と共にホブ・ゴブリンの左腕が引きちぎれる。

獣人の男は、右腕をほんの少し動かすだけでホブ・ゴブリンの巨腕を弾き飛ばした。

呆然とする俺を他所に、男は悲鳴を上げるホブ・ゴブリンの懐に潜り込んだ。

半壊した廃墟の不安定な床をものともせず、男は身を翻して回し蹴りを放つ。

一瞬、その動きがアイナとかぶった。だがその威力はアイナの比ではない。

再び訪れた轟音が、木々の枝葉を揺らす。

「無事か？」

男は絶命したホブ・ゴブリンから視線を外し、俺の方を見て訊いた。

「はい。……あの、助けていただきありがとうございます」

「気にする必要はない。偶々、散歩中に通りかかっただけだ」

そう言って男は、じっと俺の顔を見つめた。

こちらも男の顔を眺める。灰色の髪に、灰色の獣耳。アイナは虎の獣人だが、この男は狼の獣人だろうか。

「獣人……ではないな。見た目は人間だ。そのわりには、獣人の気配を感じるが……」

「ええと、人間ですが、今は獣人の眷属になっています」

「成る程、そういうことか。しかし何故人間がここに？」

「これから獣人領に向かう予定なんです。その、知り合いに獣人がいて、案内してもらう予定だったんですが……」

「はぐれたというわけだな」

「……その通りです」

視線を落として肯定する。すると獣人の男は、遠くを見つめた。

「あちらに二人分の気配があるな。獣人と……吸血鬼だろうか。ついて来なさい」

どうやら優れた獣人の感覚なら、気配だけで相手の種族が読み取れるらしい。

獣人と吸血鬼の組み合わせなら、十中八九アイナとクレナだ。案内に従い、森を歩く。

「ここを真っ直ぐ進めば森を抜ける。その先に君の友人がいる筈だ」

「ありがとうございます。助かりました」

「気にしなくていい。ただ、この森は危険な魔物も多いから今後は注意しなさい。獣人領に着いた後も、できるだけ森の奥に入ることは避けるんだ」

そう告げた後、男は真剣な表情を浮かべて続けざまに言った。

「別れる前にひとつだけ約束して欲しい。ここで私と会ったことは、誰にも話さないでもらいたい」

その約束の意図が、俺には理解できなかった。ただ男の目は本気だ。この約束を承諾しない限り、多分、俺をこの場から逃がすことはないだろう。

「……わかりました」

首を縦に振り、男と約束を交わす。

それから俺は男に指示された道を真っ直ぐ進み、クレナやアイナと合流した。

「もお、ケイル君！　捜したよ⁉」

「正直、焦った。この辺りには危険な魔物もいる」

「わ、悪い。気をつける」

奪われた鞄を荷台に戻し、再び馬車で獣人領へと向かう。

……あの獣人は、何者だったんだろう。

獣人領で暮らしている獣人の一人だろうか。

それにしては妙によそよそしかった気もするが……。

「もう少しで獣人領に着くから、はぐれないように」

御者台で馬車を運転するアイナが、荷台にいる俺とクレナに言った。

動物の特徴を持つ獣人は、通常の人間と比べて森や川といった自然の中で過ごすことを好む。森の奥深くに入るにつれ魔物と動物の数が増えていき、俺とクレナは内心不安で仕方がなかったが、アイナは終始平然とした様子で馬車を進めていた。

あと数分で獣人領に着く予定だ。

一体どんなところなんだろう……と想像していると、不意に馬車が止められた。

「ケイル。獣人領に着く前に、本格的に獣人の肉体になってもらう」

アイナが御者台から荷台に移って俺に言う。

もう少し獣人の肉体に近づくというのは、つまり――アイナと同じように、獣の耳と尻尾を生やすということだ。

「つ、ついにケイル君が、獣耳をつけるんだね……！」

クレナが目を輝かせ、楽しそうに言う。

その様子を、アイナは冷めた目で見ていた。

「……獣人舐めてる？」

「な、舐めてないです。ごめんなさい」

人間や亜人たちの中には、獣の耳や尻尾を生やした獣人の見た目を「可愛い」と思う者がいる。しかしそれは獣人たちにとってあまり喜ばしいことではないのだろう。生まれつきの身体的特徴を、馬鹿にされていると感じるのかもしれない。

反省するクレナを他所に、俺はアイナに訊いた。

「……アイナ。予定通り、俺は獣人のフリをすればいいんだな」

「別に強制はしない。ただ、ケイルの能力を隠すなら、そうした方がいいと思っただけ」

獣人領へと旅立つ前、俺はアイナと自分の能力について話し合った。

俺の力――【素質系・王】はできるだけ隠しておきたい。なら、俺が人間であるという事実そのものを隠せばいいのではないかという結論に至った。

一般的に、亜人の眷属は、その主を超える力を発揮できない。

故に俺の正体が人間だと発覚し、更にアイナの眷属であることが露見した場合、俺がアイナ以上の力を発揮すれば必ず怪しまれることになる。

「ここから先は獣人と遭遇することもあるから、気をつけて」

「……ああ」

元々、このタイミングで俺が獣人の肉体を得ることは予定していた。しかし――。

――しまったな。

先程、森に迷った俺を助けてくれた、あの親切な獣人のことを思い出す。

あの獣人には俺が人間だとばれてしまった。こんなことなら、もっと早い段階で獣人の肉体になっておくべきだったか。獣人領で鉢合わせしなければいいが……。

「それじゃあ、親指を出して」

アイナが腰の帯から小さなナイフを取りだし、自身と俺の指先に傷をつける。

互いの傷を重ねると、俺の全身に、獣人の力が流れ込んできた。

「ぐ――ッ！」

肉体が変化する異様な感覚に、呻き声を上げる。

身体中に循環する獣人の力を感じ取りながら……俺は、獣人領へ旅立つ前のアイナとの会話を思い出した。

『ケイル。私は、王を欲している』

結局この言葉の真意は説明されなかった。

だが、それを告げた時のアイナは――いつもと違う様子だった。

覚悟を秘めたあの双眸を思い出す。

王を欲している。それは俺にとって不穏な気配を漂わせる言葉だが……恐らくアイナにとっては、切実な願いなのだろう。いつも何を考えているのかよくわからないアイナだが、あの時の台詞は本心からのものであると感じた。

だから俺は、彼女と共に獣人領へ行くことにした。

俺はまだ、【素質系・王】という力をどう扱うべきなのか悩んでいる。

ひょっとしたら、今回の旅でその答えを見つけられるかもしれない。

そんな淡い期待を抱いていた。

「……ん。無事、完了した」

アイナが俺の全身を見つめて言う。

力が漲る。同時に頭と臀部に違和感があった。側頭部がいつもより重たい。手を伸ばして触ってみると……動物の毛皮に触った時のような、ふさふさとした感触があった。

立ち上がり、身体を捻ることで背中を見る。

臀部からは灰色の尻尾が伸びていた。

「これが、獣人の身体か。……少し違和感があるな」

「ケ、ケイル君……可愛い……っ！」

両手で鼻の辺りを押さえ、何やら感動しているクレナを無視する。

軽く身体を動かして調子を確かめた。今までとは力の出方がまるで違うが、それでもこのくらいの力でこのくらい動けるというのが大体わかるのは、俺の能力のおかげだろう。

膝を曲げ、腰を捻り、軽く身体を動かしていると、アイナが俺のことをじっと見ていることに気がついた。

「灰色の耳と尻尾……予想通り……」

「？　アイナ、何か言ったか？」

「……何も」

神妙な面持ちで黙り込むアイナに、俺は首を傾げた。

視線の向きからして、俺の耳と尻尾を見つめていたようだが……。

――そう言えば、似ているな。

森で俺を助けてくれた、あの獣人。彼の耳と尻尾も、今の俺と同じ灰色だった。色だけでなく毛並みや形も似ている気がする。

「準備は終えた。獣人領へ向かうから、もう少し座っていて」

御者台に戻るアイナに、俺は「了解」と返した。

頭に生えた獣の耳と、臀部から伸びた獣の尻尾に、慣れてきた頃。

俺たちは、獣人領へと到着した。

「これが、獣人領……」

「凄い、綺麗……」

俺とクレナが目の前の光景に感動する。

森の奥に進むにつれて、周りの木々が徐々に太く、高くなっていくのは感じていた。獣人領はその中心……沢山の大樹に囲まれた都市だった。

大樹から伸びる枝葉や、その間に取り付けられた細い橋によって、空中に入り組んだ道ができていた。太い幹を囲うように木の板が取り付けられ、その上に家屋が建てられている。木漏れ日が照らす森の中を、獣人たちは自由に、のびのびと過ごしていた。

「幻想的だな」

横ではなく縦の空間を広く使ったその街並みは、目が離せないほど新鮮な光景だった。

「この橋から上の方へ向かう。ついてきて」

「あ、ああ」

アイナが傍にあった足場へ上り、難なく進んでいく。

細長い橋は、歩く度に揺れた。見た目は幻想的な街並みだが、その構造は身体能力が高い獣人のみを想定しており、お世辞にも便利とは言えない。獣人の眷属となった今の俺なら、多少不安定な足場でも問題ないが、その後に続くクレナは恐怖に引き攣った顔でゆっくりと橋を進んだ。

やがてアイナは、大きな建物の前で立ち止まった。

「アイナ、ここは？」

「爪牙の会。……王都でいう、冒険者ギルドみたいなものよ。獣人領にいる間は、ここで寝泊まりする予定」

アイナの説明に俺とクレナが相槌を打つ。前回、吸血鬼領に行った時はクレナの屋敷に泊まったが、今回は公共の施設に宿泊することになるようだ。

そう言えば……俺たちはアイナの家族について何も知らない。彼女はこの獣人領の出身であるため、家もここにある筈だが、そういった素振りは全く見せなかった。

「リディア」

アイナが扉をノックして中の者を呼ぶ。

扉が開き、獣人の女性が現れた。耳と尻尾は狐のもので、白髪を太腿の辺りまで伸ばした、落ち着いた雰囲気のある人物だ。

「アイナ、待っていたわ。……そちらにいるのが、例のお客さんね」

「そう。ケイルとクレナ」

アイナが頷きながら、俺とクレナのことを紹介する。

どうやら俺たちが今日、獣人領を訪れることをリディアさんは事前に聞いていたらしい。

彼女は俺たちの方を見て微笑を浮かべた。

「ようこそ獣人領へ。爪牙の会、会長を務めているリディアと申します」

リディアさんは、静かに頭を下げて言った。

「二人の話は事前にアイナから聞いています。同じ学園の生徒として、いつもアイナと仲良くしていただいているみたいですね。……ケイルさんは他の獣人領出身と聞いていますが、この村でも気兼ねなく寛いでいただければと思います」

「ありがとうございます」

詮索されると色々とボロが出てしまいそうだが、幸い疑われていないようだ。

勿論、俺が他の獣人領出身であるという情報は嘘だ。

「さあ、どうぞ中へ」

リディアさんの案内のもと、俺たちはアイナを先頭に建物の中に入る。

爪牙の会は冒険者ギルドと同じ役割の施設らしいが、建物の内装はどこか温かさを感じる家庭的なものだった。客をもてなす酒場というよりは、親戚同士で集まって食事を楽しむような雰囲気がある。

建物の中に入った俺たちに、多くの獣人たちが注目する。

彼らは俺たちに人当たりのいい笑みを浮かべた。

「お、待ってたぜ！　ようこそ獣人領へ！」

「あら、かっこいい方じゃない。そちらの吸血鬼さんも可愛らしくて素敵ね」

「いつまで滞在するんだ？　たっぷり遊んでいけよ！」

「わからないことがあったら何でも私に訊いてちょうだい！」

一斉に声をかけられ、俺とクレナは驚いた。

「な、なんていうか、随分と歓迎されてるな……」

「そ、そうだね……」

苦笑しながら、周りの獣人たちに挨拶をしていく。

驚きはしたが悪い気分ではない。

「丁度、夕食が出来上がりましたので。食堂の方へ向かってください」

リディアさんが言う。確かにそろそろ夕食時だ。腹も減っている。俺たちは部屋へ向かうよりも先に、夕食をいただくことにした。

荷物を下ろそうとすると、傍にいた獣人の青年が優しい笑みを浮かべながら「お預かりします」と声をかけてくれた。どうやら俺たちは本当に歓迎されているらしい。

「さあさあ、お好きな席に座ってください！」

食堂に着いた俺たちは、一番目立つ席に座ることとなった。「お名前は？」「どこから来たの？」「外では何をやっているの？」……そうした質問に答えているうちに、食事が運ばれてくる。

「うわぁ……ケ、ケイル君、これ凄いご馳走だよ！」

「ああ、見ればわかる……！」

大きなテーブルを、大量の皿が埋め尽くす。皿に載せられた数々の料理はどれも彩り豊かで、食欲をそそる香りがした。

すぐに食事が始まる。獣人たちの食事は賑やかなものだった。この建物に入った時も感じたが、アットホームな空気が流れている。きっと横の繋がりが強い種族なのだろう。

「あら、ケイルさん。お皿が空いていますよ。こちらをどうぞ」

「あ、ありがとうございます」

「グラスも空いてるぜ。……酒飲むか？　ちょっとくらいならいいだろ！」

「い、いえ、流石にそれは遠慮しておきます」

アールネリア王国では十八歳未満の飲酒は禁止されている。

やんわりと酒を断ると、代わりに隣に座る獣人の女性から果汁のジュースを注がれた。

まさに至れり尽くせりだ。

ふとクレナの方を見てみると、彼女も俺と同じように丁寧なもてなしを受けている。

「ケイル君……私、もうここに住みたいかも」

「ああ……その気持ち、よくわかる」

ふにゃり、とだらしない笑みを浮かべるクレナだが、その心情は俺もよく理解できた。

「ふふ、お二人とも。楽しんでいただけているようですね」

後ろから声をかけられる。

振り向くと、そこにはリディアさんがいた。

「私たちは貴方方を歓迎します。どうぞ、ごゆっくりお過ごしください」

リディアさんが綺麗な笑みを浮かべて踵を返す。

その横顔に一瞬、俺は釘付けになった。

「……ケイル君、今、見とれていたでしょ？」

「え？　い、いや、別に」

「むぅ……あれが大人の魅力……今の私には……」

クレナが唸り声を上げながら、自分の顔や胸の辺りを触る。

食事はその後も暫く続いた。


夕食を終えた後。俺たちは建物内にある風呂で身体を流し、部屋へと案内された。

「はぁ……少し、疲れたな」

獣人領への移動で疲労したのもあるが、ここまで歓迎されると、それはそれで疲れる。悪い気はしないが、どうしてここまで歓迎されるのか少し不思議に思う。外部からの客が少ないのだろうか。確かに獣人領があるのは森の奥深く……気軽に足を運べる場所ではない。しかし、どうもそれだけではないような気がした。

ベッドに寝転がり、欠伸をしていると部屋の扉がノックされる。

「どうぞ」

隣の部屋にいるアイナかクレナだろうか。

そう予想していたが、現れたのはどちらでもない。

今日、初めて会った獣人の女性だった。

「ケイル様。今、大丈夫ですか？」

「はい、大丈夫ですが……」

やや戸惑いながらも頷くと、女性は静かに部屋に入り、扉を閉めた。

彼女は確か、食堂にいた獣人の一人だ。何度か言葉を交わしたが、こうして二人きりで会うほど友好を深めた記憶はない。茶髪の上には獣人の特徴である獣の耳が生えていたが、それが何の種類かは分からなかった。左右に広い、少し大きめの耳だ。

「あの、何の用でしょうか？」

疑問を口にすると、女性はクスリと笑った。

そして——身に纏っていた衣服を、ゆっくりと脱ぐ。

「僭越ながら、今夜は私がケイル様のお相手を務めさせていただきます」

「…………は？」

夜の、お相手と、言わ、れても——。

頭の中が混乱する。勘違いであって欲しい。或いは聞き間違いであって欲しい。そう思うが……少なくとも、目の前で衣服を脱いだ女性の存在は、幻覚ではなく現実だった。

「ちょ、ちょっと待ってください！　あの、取り敢えず服を！」

「服？　……成る程、着たままの方がいいんですね？」

「いやそういうわけじゃなく！」

取り乱す俺に対し、相手は悠々とした態度を貫いていた。

彼女を説得する前に、まずは俺が落ち着かなければならない。

「………そういうのは、結構です」

「遠慮する必要はありません。ケイル様がお望みなら、一夜限りのお相手とさせていただきます。どうか気を楽にしてください」

女性の言葉に、隠しきれない欲求が刺激された。これはまさに据え膳というものなのだろう。俺も男だ。そういうことに興味がないわけではないが――。

「……無理です。少なくとも、今日会ったばかりの相手に、そこまで気を許すことはできません」

臆病なことを言っている自覚はある。

けれど、それ以前に――違和感を覚えた。獣人領に来てからというもの、やたらと歓迎され、至れり尽くせりの時間を過ごしている。

その最後の締め括りと言わんばかりに彼女が現れたのだ。

いくらなんでも妙だ。ただの客人を、ここまで接待する意味がわからない。

「私では、不満でしょうか？」

「い、いや、そういうわけではなく――」

「分かりました。では少々お待ちください」

絶対分かっていない様子で、女性は部屋を去った。

暫くすると、また扉がノックされる。

「……どうぞ」

嫌な予感を抱きつつ返事をした。

案の定、その予感は的中していた。

「はぁい、ケイル様。今日は私がお相手するわ」

また違うタイプの獣人が出てきた。

牛の耳と尻尾を生やした女性だ。豊かな胸元と足の付け根を大胆に露出した彼女は、蠱惑的な所作でゆっくりと距離を詰めてくる。

「……帰ってください」

「あら？　照れなくていいのよ、全てお姉さんにお任せ」

「帰ってください」

「……」

やや語気を強くして言ったからか、女性は不満そうな顔で部屋を去った。

溜息を零していると、扉の向こうから小さな話し声が聞こえた。

「駄目ね。あの子、全然興奮してくれないわ」

「困りました……ケイル様の好みが全く分かりません」

「待って。そう言えばアイナから情報を聞いていたわ。確か……」

不穏な言葉が飛び交っている。

扉の向こうには常に人のいる気配がした。部屋を出て逃げるわけにも、居留守を使うわけにもいかない。

コンコン、と扉がノックされる。

現れたのは——年端もいかない少女だった。恐らく猫の獣人だ。

「は、はじめましてケイル様！　その、私、こういうのよく分からないんですが……お、お相手を務めさせていただきましゅっ！」

あんぐりと口を開けたまま硬直する俺に、少女は畳みかけるように言った。

流石に、引く。

「……帰りなさい」

「か、帰りません！　ご、ご奉仕させていただきます！」

「……ふぅ」

内心、これでもかというくらい引いているが、先程までの大人の女性と比べるとまだマシかもしれない。

大人の女性ならともかく、子供相手なら適当に追い出せばいい。

「ほら、早く自分の部屋に戻りなさい」

「ひゃっ⁉　だ、駄目です――」

「暴れるな――あっ」

「あっ⁉」

少女の脇腹を掴み、無理矢理持ち上げて扉の方へと連れて行く。

しかし抵抗され、体勢を崩してしまう。

二人で床に倒れそうになったところで、視界の片隅にベッドが映った。

俺はともかく、大人たちの悪巧みに利用された少女が、こんなところで怪我を負うのは可哀想だ。強引に身体を捻り、少女と共にベッドへ転がり込む。

結果、俺と少女は二人でベッドに寝そべった。

少女が頬を赤らめて、潤んだ目で見つめてくる。

「そ、その……優しく、してくれると、助かります……」

その一言で――堪忍袋の緒が切れた。

もう抵抗はさせない。少女の背中と膝裏に手を回し、素早く持ち上げる。

「あっ!? ま、待って――」

抗議の声を無視して、少女を扉の外に放り、すぐに扉を閉める。

鍵を閉めると、ドンドンと少女のノックする音が続いたが、やがて静かになった。

「……頭が痛い」

そう言えば以前、演習でアイナたちにロリコンだと勘違いされたことを思い出す。

残念ながら俺は、年下の異性に鉄壁の耐性を持っていると言っても過言ではない。主にミュアのせいで。暴走気味なミュアをイメージしてみる。「兄さん！ お相手を務めさせていただきます！」……めっちゃ言いそう。

頭痛に悩まされていると、またしても扉がノックされた。

もしかしたら獣人側の善意かもしれないが……流石にこれ以上は面倒だし、いくらなんでも非常識だ。俺は立ち上がり、鍵を開けると同時に声を出す。

「あの、本当にもう、結構なんで――」

「よぉ、邪魔するぜ」

扉の向こうから現れたのは、三十代半ばと思しき男の獣人だった。

確か俺がこの建物に入った時、歓迎してくれた一人である。

呆然とする俺に、男はどこか恥ずかしそうに口を開いた。

「へへ、たっぷり遊んでいけとは言ったが……まさかこの俺に、そういう遊びを期待しているとは思わなかったぜ。だがまあお前なら、悪い気も――」

「――出ていけッ‼」

俺は怒ってもいい筈だ。


当然のように、寝覚めは最悪の気分だった。

昨晩は色んな意味で混乱した。最後の一人――獣人の男を追い返して以降、誰も俺の部屋には訪れなかったが、あれだけ妙なことがあった後でぐっすりと眠れる筈はない。

完全に寝不足の状態だった。

目元を擦り、どうにか眠気を遠ざけながら部屋を出て一階に下りる。

「ケイル、おはよう」

食堂に向かう途中、アイナと合流した。

「ああ……おはよう」

挨拶を返した後、俺はアイナの姿を見てほんの少し硬直した。

アイナは私服を身に付けていた。色合いは白と黒のシンプルなものだが、本人が元々持っている金色の髪に加え、虎の耳と尾が調和してよく似合っている。下は動きやすそうな、ゆったりとしたショートパンツだ。

「どうかした？」

「いや、そう言えば私服の姿を見るのは初めてだと思ってな」

「故郷に帰ってきているのに、ずっと制服というのも変でしょう？」

それもそうだ。

「それより、ケイル……眠そうね」

「まあな」

肯定すると、アイナは何故か「ふむ」と納得したような素振りを見せた。

「ゆうべはお楽しみだった？」

「……………嫌みか？」

昨晩のことを思い出してしまい、途端に疲労感が湧いた。

げんなりとする俺に、アイナは不思議そうな顔をする。

「もしかして、失敗した？」

「……あれはアイナの差し金か？」

「そう。気に入ると思ったのだけれど……」

素直に肯定されて、逆に困惑した。元々分かりにくい性格をしているアイナだが、正直今回ばかりは非常識としか言い様がない。

「ああいうのは、もうしないでくれ」

「……分かった。他の者にも伝えておく」

反省しているのかよく分からない顔でアイナが頷く。

その時、階段を下りてくる足音が聞こえた。

「おっはよー！　うーん、昨日はよく眠れた！」

俺たちの顔を見るなりクレナは元気よく挨拶をする。

どうやらクレナの方は平和な夜を過ごせたらしい。

俺たちはそのまま三人で食堂に向かい、朝食をとった。

「今日は獣人領を観光案内する」

朝食を食べ終わり、今日の予定について話し合おうとしたところでアイナが言う。

観光は俺も賛成だった。前回、訪れた吸血鬼領では観光する暇もなかったため、今回はのんびりと街並みを見物してみたい。

「ケイル、眷属化はまだ解けてない？」

外に出る直前、アイナが訊いてくる。

「大丈夫だ。最近ちょっとずつコツが掴めてきてな。三日くらいなら眷属の状態を保てるようになった」

「そう。……人間を辞めつつあるわね」

「不安になるようなこと言うなよ」

まだ人間を辞めるつもりはない。

アイナの案内のもと、俺とクレナは外に出た。

「昨日も見たけど、やっぱり凄いところだよね、ここ」

クレナが頭上に広がる光景を見て言う。太い枝や薄い板を重ね合わせた橋が、入り組んだ空中の道となっていた。獣人たちはその複雑な道を軽やかに歩く。

「開放的ではあるが、木の枝や葉っぱで日光が遮られているし、天気によってはすぐ薄暗くならないか？」

「日の光を浴びたければ上の方に行く。……行ってみる？」

「行ってみたい！」

クレナの希望により、俺たちは獣人領の上層と呼ばれる場所へ向かった。

「うわぁ……い、いい景色だけど、ちょっと怖いかも」

上層に辿り着いたところで、クレナは眼前の絶景と、足元の小さな街並みを交互に見る。

強い風が吹き抜けた。上層には建物が少なく、風を遮るものが殆どない。

「上層は枝や葉が適度に処理されているから、日当たりも良好」

「成る程。ちゃんと考えられているんだな」

日光浴にはもってこいの場所らしい。

やや肌寒いのは、それだけ高いところにいるからだろう。獣人の肉体を持つ俺は大して怖がることもないが、クレナはさっきから足元を一瞥しては怖そうにしている。

「あ……ねえ、アイナさん。あの建物は？」

クレナが指さした先には一際大きな建物があった。

その建物の周囲には、他の建物にはない柵のようなものが取り付けられており、迂闊に近寄ることができない物々しい雰囲気を醸し出していた。

「王の館」

「王？　獣人の王様は、ここに住んでるの？」

「そう。……あまり目を付けられても困るから、もう少し館から離れましょう」

そそくさと観光を再開するアイナに、俺とクレナは首を傾げながらついて行った。

上層の景色を一通り満喫した俺たちは、再び爪牙の会がある中層へと戻る。

「しかし、昨日はあまり気にならなかったが……」

道中、俺は周囲の景色を眺めながら思ったことを口にしようとした。

咄嗟に喉元まで出ている言葉を押し留める。

「大体、考えていることは分かる」

しかしアイナは、俺の言いたいことを察した。

「今の獣人領はあまり良い状態とは言えない。現に人々は生活苦を隠しきれていない」

アイナの説明に、俺とクレナは唇を引き結んだ。

彼女の言う通り。俺が気になっていたのはそのことだ。

昨日は気づかなかったが、獣人領に住む獣人たちは、お世辞にも充実した日々を送っているようには見えなかった。特に獣人領でも、森との境界線——外側に居を構えている者たちの生活は傍目から見ても貧相に感じる。

「……事情があるのか？」

「王のせい」

アイナは短く告げた。

「今の獣人王は、領民から財を絞り取る悪政を敷いている。おまけに定期的に城から出てきて、気に入った女性を見つけては手籠めにしている」

「ひ、酷い……！　そんなの、理不尽だよ！」

「確かに酷い。でも私たちには抵抗する力がない。どれだけ酷くても、王は王だから」

アイナの説明にクレナは押し黙った。

亜人の王は、誰よりも強い〝格〟を宿した者が務める。亜人にとっての〝格〟とは実力そのものだ。領民の誰もが逆らえないくらい、獣人の王は強いのだろう。

獣人領の事情を知り、複雑な気分となったその時。

下層の方で、喧騒が聞こえた。

「騒がしいな……」

「何かあったのかな？」

獣人の耳は遠くの声も鮮明に聞き取った。

風に乗って聞こえてくるのは、男たちの怒鳴り声だ。

「くどい！　貴様が税を払わんから我等が来たのだ！」

「だから、その税が不当だって言ってんだろ！」

言い争っているのは一人の男と、それを取り巻く複数の兵士たちだった。

後者は恐らく獣人領の安全を守っている兵士だろう。獣人は素の身体能力が高いため、人間と比べて軽装を好む。武装は槍のみ。防具も脛当てと籠手のみだった。

「ん？　……おい、そこの二人。貴様ら、外の者だな？」

獣人の兵士が俺たちの方を見る。

アイナが小さく舌打ちした。

「……面倒なことになった」


税の取り立てを行っていた獣人の兵士たちがこちらを睨む。

「通行税は払ったか？」

俺とクレナを睨みながら、一人の兵士が言った。

言葉の意味が分からず首を傾げる俺たちに、兵士は続ける。

「税は払ったのかと訊いているんだ。外部の者がこの領地に訪れる際は、金貨三枚を我々に支払う決まりだ」

「そんなの聞いたことがない」

アイナが素早く反論した。しかし兵士は動じることなく鼻で笑う。

「貴様が聞いていないだけだ。これは我等が王の意向でもある」

「……ちっ」

　アイナが舌打ちした。

　この獣人領を管理しているのは獣人王だ。なら、目の前にいる兵士たちはその王の配下だろう。……どうやら獣人王が悪政を敷いているというのは事実らしい。

「ね、ねえ、ケイル君。金貨三枚なんて持ってる？」

「……いや」

　小声で訊いてくるクレナに、俺は頭を振った。

　金貨三枚。ギルドで一ヶ月働けば稼げる金額だが、生憎今は持っていない。

「お前ら――ふざけるのもいい加減にしろ！」

　その時。周囲にいた獣人たちが、兵士たちへ怒声を浴びせた。

「外の人たちにまで迷惑をかけてんじゃねぇ!!」

「獣人の恥曝しめ！」

「王に媚びることしか能がないくせに、調子に乗るな！」

　獣人たちの言葉に、兵士はみるみる顔を真っ赤にして怒りを露わにした。

「き、貴様ら――それ以上我等を侮辱することは許さんぞ！」

　兵士たちが一斉に動き出す。

周りにいた獣人たちは慌てて避難しようとしたが、兵士たちの動きはそれ以上に素早かった。その手に持った槍を投擲し、獣人たちの動きを牽制する。僅かでも軌道がずれていれば、今頃その獣人は串刺しにされていた。

「ひっ⁉」

「に、逃げろォ‼」

獣人領の下層に阿鼻叫喚が木霊した。

恐怖に怯えて尻餅をつく男の傍へ、兵士の一人が下卑た笑みを浮かべながら近づく。

「見せしめだ！　我等に楯突いた男の末路、とくと見るがいい！」

兵士が腰に吊るした剣を抜き、振りかぶる。

その剣が振り下ろされる直前――俺は、兵士の腕を強く掴んだ。

「それは、やり過ぎじゃないのか」

身体の奥底から力が湧いてくる。

獣人の力が全身に漲る今、俺はこの兵士に負ける気がしなかった。

「貴様、獣人とはいえ部外者の分際で……邪魔をするなッ‼」

横薙ぎに振るわれた剣を後ろに退くことで避ける。

その間に、クレナが男の肩を支えて避難を手伝っていた。

「ケイル。半分は私が」

隣にやって来たアイナが俺に耳打ちする。

兵士の数は四人。うち二人を倒すとアイナは告げるが——。

「いや、アイナはクレナと一緒に住人の避難を手伝ってくれ。……ここはアイナが生まれ育った場所なんだろう？　なら部外者である俺の方が遠慮なく戦える筈だ」

最悪、俺がここで兵士たちに目をつけられても、二度とこの地に訪れなければいいだけの話だ。だがアイナはそうもいかない。

「……分かった。気をつけて」

「ああ」

アイナはクレナのもとへ向かい、住人の避難を手伝う。

その間に俺は——できる限り、男たちを倒さなければならない。

「いい度胸だ。同じ獣人とはいえ、容赦はせん——」

「——する必要はない」

地面を踏み締めると、バキリと音がした。

一瞬で男の懐に潜り込み、その勢いを利用して拳を突き出す。拳は恐らく男の鼻を折った。だが反動は殆どない。獣人の強靱な肉体に感謝する。

「な、なんだ⁉　こいつの動き――ッ⁉」

槍の先端が向けられると同時、身体を半歩横にずらす。そのまま接近しながら槍を掴んだ。獣人は後退を試みたが、俺に槍を掴まれているため身動きができない。

その喉元へ、一撃入れようとした瞬間――。

「甘いッ‼」

斜め後方から風を切る音。咄嗟に後退した直後、目と鼻の先を槍が通過した。

流石に鍛えられている。伊達に兵士をやっているわけではないようだ。

獣人の種族特性は武術と相性がいい。兵士たちは皆、槍の扱いに長けているようだった。

俺は彼らと違って、獣人の特性を持っているだけで武術の方はからっきしだ。正面切ってこの男たちと戦うのは不利かもしれない。

「おい、人質を取っちまえ！」

「ああ！」

相手も俺のことを警戒しているのか、兵士たちは最悪の手段を取ろうとしていた。

――迷っている暇はない。

精神を研ぎ澄ませながら、俺は以前、アイナに言われたことを思い出した。

「己の中に巣食う獣に、身体を――」

――差し出す。

ゾワリ、と寒気がした。

意識の奥底から、もう一人の自分が歩み寄って来る。

吸血鬼の力を引き出した時と同じ感覚だった。獣人王と化した未来の俺が――【素質系・王】という能力が、俺を膨大な力の奔流へと導こうとしている。

これが――素質系の能力に生じるという、引力。

その全てに従う気はない。だがほんの少し。必要な分だけ――引力に従う。

「グ……ガ、ア……ッ!!」

血が沸騰したような気分だった。手足が燃えるように熱い。

両足と右腕の筋肉が膨れ上がり、灰色の体毛が一気に生えた。右腕の爪が鋭利に伸びる。

「馬鹿な……『部分獣化』だとッ!?」

兵士たちが目を見開いて驚愕する。

アイナが言っていた。『部分獣化』は吸血鬼における『血舞踏』に近いと……つまり獣人の中でも使える者が限られている能力だ。

今ならその理由も分かる。――これだけ強大な力、誰もが使えていい筈がない。

「はああああぁあぁあああ――ッ!!」

気合を込め、疾駆するると同時に右腕を振りかぶる。

先程よりも更に疾い。自分自身の思考すら置いてけぼりにしてしまうほどの速度だった。目の前の、まだ俺の動きに反応できていない男たちへ向けて、腕を横薙ぎに振るう。

激しい衝撃波が男たちを吹き飛ばした。

ビリリ、と右腕に力の反動を感じる。肉体の許容量ギリギリの力を発揮したようだ。

兵士たちはこれで全滅した。辛うじて動ける兵士が一人いたようで、その男は怯えた様子で何処かへ消えていった。

「狼だ」

誰かが言った。

「狼の獣人……」

「しかも、『部分獣化』が使える……」

「それに、あの〝格〟は……」

周囲にいる獣人たちがどよめく。

暫くすると、正面の人垣が割れる。その先から一人の女性がやって来た。

「リディアさん?」

爪牙の会の長である狐の獣人、リディアさんは、俺の目の前で小さく頭を下げた。

「ケイルさん……いえ、ケイル様。お願いです——どうか、私たちを助けていただけないでしょうか」

兵士たちを撃退した後、俺は周囲にいた獣人たちに爪牙の会へ案内された。

「それで……助けて欲しいというのは？」

隣に座るクレナも、その答えを気にしている様子を見せる。

アイナはリディアさんと共に、俺たちの向かいに座った。この構図が示唆するのは、アイナも事情を知っているということだろう。

「今、この獣人領が王の圧政によって苦しめられていることは知っていますか？」

「……はい。アイナから聞きました」

リディアさんの問いに、俺は頷く。

「近々、私たちは革命を起こすつもりです。……できれば、ケイル様にも協力していただきたいと思っています」

唐突過ぎるその話を、リディアさんは真剣な面持ちで告げた。

隣に座るクレナが硬直する。俺も、リディアさんの言葉をまるで理解できなかった。

「すみません。いくらなんでも急過ぎて、頭の整理が……」

「貴方には、王の力があるのでしょう?」

その問いに、俺は目を見開いた。

「何故、それを」

「虎の子……アイナから聞きました。吸血鬼領での一件も知っています」

リディアさんは言う。

「圧政に苦しむ私たちが革命を決意したのは随分と前のことになります。しかし、問題は次代の王でした。当代の獣人王には兄弟がおらず、先代王も既に死去していますから、代わりの王を用意することができなかったのです。半端な〝格〟の持ち主を次代の王に据えたところで、民衆はすぐに謀反を起こすでしょう。果たして次の王は誰が良いのか……苦悩する私たちの前に、貴方が現れた」

リディアさんが、真っ直ぐ俺の方を見て言う。

「【素質系・王】……即ち、王になるべくして生まれた人間。……ケイル様、どうか次の獣人王になっていただけないでしょうか?」

強い意志を秘めた瞳で、リディアさんは俺を見る。

「何を、馬鹿なことを……」

「決して非現実的な話ではありません。先刻、貴方は私たちにその可能性を示しました」

リディアさんの言葉に、周りにいる大人たちも小さく首を縦に振った。

「獣人の祖先は狼だと言われています。厳密には狼男(おおかみおとこ)……月の光と共に、姿を狼に変える人間だったとのことです。その起源(ルーツ)を尊重して、獣人の社会では狼の獣人が王位を継(つ)ぐ決まりになっています。実際、狼の獣人は〝格〟も高い場合が多いのです」

狼の獣人。その言葉を聞き、俺は隣の窓を見る。

窓に映る俺の頭からは、狼の耳が生えていた。

「貴方は今、狼の獣人です。それに、かなりの〝格〟を持っています。民衆も次代の王が貴方ならば納得するでしょう」

求められているのは、狼の獣人と王たりうる〝格〟の高さ。

どうやら俺は、それに該当(がいとう)してしまったらしい。

「む、無茶(むちゃ)ですよ、そんなのっ！」

クレナが立ち上がって言った。

「ケイル君は私やアイナさんと同じ、ただの学生です！　いきなり亜人の王になるなんて無理に決まってます！」

「王の責務を丸投げするつもりはありません。周囲の者が、できる限りのサポートをします。加えて……この話を承諾(しょうだく)していただけたら、私たちはケイル様のどんな要求にもお応えすることを約束いたします。これは、私たちが用意できる最大限の見返りです」

リディアさんの表情には罪悪感が滲んでいた。

彼女もきっと、これが無茶な懇願であるという自覚はあるのだろう。

「って、ちょっと待ってください。もしかして昨晩のアレも……」

昨晩、見ず知らずの女性が代わる代わる俺の部屋を訪れたことを思い出す。

気まずそうに訊く俺に、リディアさんは思い当たったかのように「ああ」と声を漏らし、

「夜伽の件ですか？　そうですね。白状しますと、ケイル様には少しでもこの獣人領を気に入ってもらいたかったため、私の方で手配させていただきました」

夜伽。その単語を聞いたクレナは、氷のような冷たい眼差しで俺を睨んだ。

「ケイル君、詳しく」

「い、いや、未遂……未遂だから……」

じっとりとしたクレナの目に睨まれると、何故か焦燥した。

「ふーん……嘘だったらミュアちゃんに言いつけるから」

そんなことしたら獣人領が滅んでしまう。

女性には気をつけねばならない。革命の前に、妹がこの領地を滅ぼしてしまう。

「私たちにとっては非常に残念なことですが、未遂に終わったことは事実です。……ケイ

ル様は、あの中に好みの女性がいなかったというわけでしょうか？」

「いや、そうではなく……単に常識の問題というか……」

どう答えたらいいのか悩んでいると、隣からクレナが白けた視線を注いできた。

「よく言うよ。ケイル君、昨日リディアさんにちょっと見とれていたじゃん」

いつの間にかクレナが敵に回っていた。

「私、ですか……？」

リディアさんは目を丸くする。だが、すぐに納得した素振りを見せ、

「構いませんよ」

「え」

「恥ずかしながら、色恋沙汰とは無縁の日々を過ごしてきましたから、私自身を使うという発想が出てきませんでしたが……ケイル様がお望みなら、いくらでも応じます」

淡々と、あくまで冷静にリディアさんは告げる。

頭が痛くなってきた。真面目な話をしている筈だったのに、どうしてこうなった。

色恋沙汰とは無縁というが、リディアさんは美人だ。単に本人がその手の話に興味がなかっただけだろう。爪牙の会のリーダーという肩書きも影響しているに違いない。

「は、話を戻しますが……」

「今晩、お部屋へ伺えばよろしいでしょうか」

「話を戻しますが！」

どう答えても藪蛇になりそうなので、俺は強引に話を断ち切ることにした。

現状、俺が分かっているのはひとつだけ。

リディアさんたちが、それほど必死だということだ。

「……ここにいる人たちは、皆、革命に賛成しているんですか？」

「はい。爪牙の会は、革命軍の隠れ蓑です。そしてここにいる者は、革命軍の中でも上層部に位置します。……我々だけが、貴方の正体は人間であると知っています」

その答えを聞いて、俺は目の前に佇むアイナを見た。

「じゃあ、アイナは最初から……」

その問いに、リディアさんは頷く。

「アイナには、この獣人領の外に、王の素質を持つ者がいないか調査してもらっていました。学園に通っていたのもその一環です。ああいった学び舎には、他の領地で過ごす獣人も集まりますから」

だが結局、アイナが次代の王に相応しいと判断したのは獣人ではなく俺だった。

複雑な気分だ。俺は内心、アイナとは友情を築けていると思っていた。少々不思議な空

気を醸し出しているが、今後も仲の良い友人として共に過ごせると思っていた。

しかしアイナは、最初から俺のことを、革命を成功させるための材料としか思っていなかったのだろう。そう考えると……虚しい気分になる。

「ケイル」

いつもの無表情で、アイナは俺を呼ぶ。

「私たちは強制しない。でも、どうか知って欲しい」

赤みがかった茶色の瞳が、俺を映す。

「私たちはもう、貴方に頼るしかない」

微かに震えたその声を聞いて――俺は、「少し考える時間が欲しい」と答えた。

観光どころではなくなったため、俺たちは一度、宛がわれた部屋に戻って休憩することにした。アイナは用事があるとかで席を外している。部屋には俺とクレナだけがいた。

「ケイル君……どうするの？」

ベッドの縁に腰を下ろす俺に、クレナは訊く。

「どうって言われても……」

答えは既に決まっている。この話を承諾することはできない。

ただ、少し考えたいこともある。

――貴方に頼るしかない、か。

アイナに言われたことを思い出す。

あの真っ直ぐな眼差しは、簡単に見捨てていいものではない。

俺は、認めなければならない。

自分自身の強大な力を。そして、その力でしか解決できない問題があることを。

「……クレナ。亜人の王って、具体的に何をしているんだ？」

「人間の王様とあまり変わらないと思うよ。でっかい館に住んで、執務をしたり、部下に指示を出したりするの。実務は殆ど部下に任せている例もある。……だから正直、ケイル君が王様になるのは、不可能ではないと思う」

冷静な意見をクレナは述べた。

リディアさんの話を聞く限り、革命軍が求めているのはあくまで民衆を納得させるためだけの、見せかけの王だ。元々、亜人社会における王は〝格〟の高さが何よりも重視されている。実務などを遂行するのは他の者たちでもいいのだろう。俺のような王族とは全く無縁の者が王になっても、社会を機能させることは可能らしい。

「でも、私は反対。だって……ケイル君が獣人の王様になったら、多分、今までみたいに会うこともできないもん」

「……そうだな。俺も今の暮らしは結構気に入ってる。それを捨てる気はない」

拗ねたように言うクレナに、俺も同意する。

妹、ミュアのことも放ってはおけないし……何より、クレナと出会ってから、俺の学生生活は充実し始めたばかりなのだ。それをこんな簡単には捨てたくない。

「でも、そうなると……アイナさんたちが心配だね」

「……ああ」

革命の協力以外に、彼女を手助けする術はないだろうか。

そもそも革命という行為は本当に正しいのだろうか。

アイナだって、俺たちと同じ学生なのだ。革命後の王を探すために学園へ通っていたとしても、同い年であることに変わりはない。本来なら、こんな物騒な悩みなんて抱くことなく、平和な日常を歩むことができる年頃なのだ。

いや……そうとも言えないか。

観光している途中で、俺たちはアイナよりも年下の子供の獣人を見た。あの小さな子供たちも、獣人王の圧政に苦しめられているのだ。子供だからという理由でその現実から目を背けていいわけではない。子供も苦しめられている当事者だ。

……難しいな。

俺たちは所詮、部外者だ。獣人領のことなんて殆ど何も知らないに等しい。そんな俺たちが彼らの役に立つには、やはり俺の能力を使うしかないのかもしれない。

「……クレナは、俺の能力をどう思う？」

「えっと、どうって？」

「俺の力は、やっぱり、本来なら王になるためのものなんだと思う。実際、【素質系・剣】の持ち主であるミュアは一流の剣士になっている。でも、俺は……」

続きの言葉に詰まり、沈黙する。先月の一件から……【素質系・王】という能力を自覚してから、力の使い道について考えることが多い。

しかし俺はまだ、自分が納得できる回答を導き出せていなかった。

「私は、別に王様にならなくてもいいと思うよ？」

クレナは真っ直ぐ俺を見て言った。

「吸血鬼領でケイル君に助けられた時、私は……ケイル君は干様みたいに強いけれど、同時に王様とは異なる存在なんだって思った」

「それは、どういう……」

「うーんとね。要するに、王様と戦うための王様って感じかな！」

明るい笑みを浮かべてクレナは言った。

「亜人にとっての王様は、絶対的な強者と言っても過言ではないの。だからリディアさんがこれから起こそうとしている革命も、亜人社会ではかなり稀な事例だと思う。本来、亜人の王様は、どれだけ数を揃えても絶対に倒せないくらい強い者が選ばれるから」

亜人の王は〝格〟の高さ、つまり強さで選ばれる。吸血鬼の王弟、ギルフォードも強かった。あれ以上の強さとなると、大抵の亜人は勝てないだろう。

「でも、ケイル君は違う。ケイル君だけは、どんな王様が相手でも対等に立ち向かうことができる。……それって、王様になることと同じくらい、大切な役割なんじゃないかな」

そんなクレナの言葉に、俺は目を丸くした。

「私の勝手な考えだから、そんなに真に受けられるとちょっと怖いかもだけど……ケイル君がいなければ、私はギルフォード様に利用されていたと思う。ひょっとしたら、今もどこかで私と同じような目に遭っている亜人がいるかもしれない」

落ち着いてそう告げたクレナは、改めて俺の方を見る。

「そういう人たちを助けることができるのは、ケイル君だけな気がする」

クレナと、同じ目に遭っている亜人。

その言葉を聞いて、ある人物のことを思い浮かべる。

――アイナ。

彼女がそうではないか？

いや、アイナだけではない。

今、まさに多くの獣人たちが、王によって苦しめられている。

「王と戦うための王か……」

どんな王にも、対等に立ち向かえる存在。

あらゆる王に抗える存在。

クレナの言葉は、能力の使い道を決めあぐねていた俺にとって――大きな道標となったような気がした。

「あれ……なんだろ？　外が騒がしいね」

クレナが呟く。言われてみれば、窓の外から喧騒が聞こえる。

外では、横暴な兵士たちが獣人の少女を捕らえていた。

「お父さん！」

「黙れ！　大人しくしろ！」

連れ去られそうになり、獣人の少女は悲鳴を上げるが、それを兵士が咎める。

「くそっ！　娘を返せ！」

「返せとは人聞きが悪い。この娘はこれから王のもとで働くだけだ」

「ふざけんじゃねぇ！　そう言って今までどれだけの女子供を攫っていきやがった！」

捕らわれた少女の父親と思しき男が怒鳴る。

すると兵士たちは一斉に、その男へ槍を向けた。

「陛下の命令だぞ！　口答えする気か！」

四方八方から槍を向けられ、男は歯軋りする。

「あ、ああ、ちくしょう……ッ!!」

悔しがる男を見て、無意識のうちに拳を握り締めた。

あまりに理不尽な行為だ。

「ケイル様」

後方から声をかけられる。

そこには、いつの間に部屋へ入ってきたのか、リディアさんが佇んでいた。

「これが、獣人領の現状なのです。どうか……どうか、お力を貸してください……。私たちだけでは、王に太刀打ちできません……」

沈痛な面持ちでリディアさんが告げる。

その時――窓の外から、強烈な圧力を感じた。

「う……ッ⁉」

「こ、これは……っ⁉」

全身に重圧がのし掛かり、俺とクレナは呻き声を漏らした。

人間の能力でなければ亜人の種族特性でもない。俺には分かる。これは強大な〝格〟だ。

大気が軋み、気を抜けばひれ伏してしまうほどの存在感が放たれている。

「お、王が、います……」

片膝を床についたリディアさんが、呻きながら言った。

辛うじて立ったままでいられる俺は、窓の外を見る。

「……待て」

「ケイル君？」

ただならぬ威圧感を放っているその人物は、灰色の外套を纏っている男だった。

露出している手足には無数の傷跡があり、フードの内側には灰色の髪が見える。

「リディアさん。本当に、あの男が獣人の王なんですか……？」

「ええ……そうです。あの男こそが、我々を苦しめる忌々しい王です……」

本当に、あの男が……王なのか？

頭の中の違和感が晴れない。俺は窓を開け、外に飛び出した。

「ケイル君⁉」

背後で驚愕したクレナの声がする。

獣人の身体能力は、窓から飛び降りた俺の身体を簡単に着地させた。

突如現れた俺に、兵士たちが警戒する。

「貴様は……」

獣人の王が、視線をこちらに注いだ。

――間違いない。

目の前にいる、王と呼ばれるその人物は。

獣人領に来る前、魔物に襲われていた俺を助けてくれた男だ。

「陛下！　あの男が例の獣人です！」

兵士たちが俺を見て叫ぶ。数刻前、俺が獣人の兵士たちを撃退したことについて、彼らは既に王へ報告を済ませていたらしい。

「……そうか」

王は短く相槌を打った。

――俺に気づいていないのか？

獣人領に来る途中、この王は、森の中で迷っている俺を助けてくれた。

しかしその時の俺はまだ人間の容姿を保っていたため、王はあの時助けた俺と、今この場に立っている俺が同一人物だと気づいていないのかもしれない。

いや――そんなことはないだろう。

獣人の見た目は殆ど人間と同じだ。それぞれ動物としての特徴はあるものの、それさえ除けば人間と何も変わらない。今の俺も、獣の耳と尻尾は生えているが、体格や顔立ちは人間の時と全く同じである。

「私の部下が、世話になったようだな」

王の外套が微かに揺らめく。

風は吹いていない。しかし王を中心に、得体の知れない圧力が放たれていた。

「少し――礼をしてやろう」

王がそう告げた途端、強烈な威圧が放たれる。

「ぐぅ……っ！」

「い、息が……ッ!?」

大気が軋み、建物の窓に亀裂が走った。

辺りにいた他の獣人たちが、王の威圧に耐えきれず崩れ落ちる。

娘を返せと叫んでいた男も青褪めた顔で失神していた。

──マズい！

身体の内側に眠る力を一気に引き出す。

全身に力を漲らせながら王を強く睨んだ。己の存在感を強い圧力に変えて王に向ける。

激しく大気が揺らいだ直後、のし掛かる圧力が消えた。

王の威圧を相殺できたようだ。

「……ほう。中々、良い〝格〟を持っている」

王はまるで他人事であるかのように、俺を見つめながら言った。

「ば、馬鹿な……」

「王の〝格〟を、弾いた……？」

こちらに槍を向けていた獣人の兵士たちが、驚愕を露わにする。

「なんで、こんなことをするんだ」

そう訊くと、王は失笑した。

「ふん、愚問だな。私は獣人の王だ。全ての獣人は私の支配下にある。……私の物をどう扱おうと、私の勝手だろう」

当たり前のことを言うように、獣人の王は告げる。

虫けらを見るかのような王の瞳に、沸々と怒りが湧いた。

「それが、王の言葉か？」

「なに？」

「王は民のために存在するものだ。お前は、王ではない」

思考が何かに引っ張られる。

頭の中にいるもう一人の自分――獣人の王となった未来の自分が激昂している。

まるで自我が塗り替えられていくような感覚だ。

自分自身の、王としての〝格〟が強くなっていくのが分かる。

「貴様は……」

王の眉間に皺が寄った、その時。

「余所者が！」

「図に乗るなよ……ッ！」

王の側近と思しき兵士たちが、その存在感を急増させる。

鳥の獣人の背中から大きな翼が生え、獅子の獣人の脚部が膨張した。

「……『部分獣化』か」

流石に王を守る兵士だけあって、強者も多い。

獣人でも一部のみが使用できる特殊（とくしゅ）な技能、『部分獣化』が使えるらしい。

「ケイル、下がって」

背後からアイナに声をかけられる。

前に出たアイナは王を睨（にら）んだ。

「久しいな、アイナ＝フェイリスタン」

「……そうね」

王の言葉にアイナは小さな声で答えた。

二人は面識があるようだ。だが空気は和（なご）まない。アイナは険しい顔つきをしていた。

「この私に逆らう気か」

「ええ。これ以上、貴方の蛮行（ばんこう）は見過ごせない」

そう言ってアイナは、俺の方を一瞥（いちべつ）する。

「ケイル、よく見ていて」

アイナは言った。

「いつか貴方にも、この力を使ってもらう時がくるかもしれない」

メキメキとアイナの肉体から音がする。

手足が獣の体躯（たいく）と化し、その輪郭（りんかく）は瞬（またた）く間（ま）に人間のものではなくなった。

「二つ目の獣化――『完全獣化』」

眼前に、金色の虎が顕現した。

獣人の種族特性は、身体能力の大幅な向上と、自然治癒力の向上である。

これらの特性は、獣の強靭な肉体の性質を引き継いだものとされているが、一部の獣人はその強靭な肉体そのものを再現することができる。

それが、獣化。自身の肉体を獣の姿に変えること。

獣人たちの間で、この力は――本来の姿に戻る能力と言われていた。

「完全、獣化……っ⁉」

王を守っていた兵士たちが狼狽する。

彼らは『部分獣化』こそできるが『完全獣化』はできないらしい。

『去れ』

巨大な虎が告げる。直後、その重圧に兵士たちが鼻白んだ。

明らかに今のアイナは、人間の姿の時と比べて〝格〟が増している。

これが獣化の力……。

獣人は、獣化によって自身のあらゆる能力を底上げできる。元々同世代の亜人と比べて抜きん出た強さを持っていたアイナが、今では更に一線を画した強さを醸し出している。

「へ、陛下、お下がりください！」

「ここは我々が――――ッ!!」

手足を獣の姿に変えた兵士たちが、アイナを包囲する。

獅子の足を持った兵士が強く地面を蹴り、虎と化したアイナの懐に潜り込んだ。同時に翼を生やした兵士がアイナの頭上へ回り、側頭部へ槍を放つ。

しかし、放たれた槍はアイナの身体を貫かなかった。

黄金の獣毛が槍を弾き、兵士たちが目を見開く。

刹那、虎と化したアイナは腕を軽く横に薙いだ。

「ぐあっ⁉」

暴風が吹き荒れる。激しい衝撃に、兵士たちは耐えきれずに悲鳴を上げて吹き飛んだ。

『去れ！』

先程よりも強い語気でアイナが告げる。

傷ついた兵士たちはすっかり恐怖に顔を引き攣らせ、戦意を失っていた。しかし、それでも王の前で逃げ去ることはできないのか、青褪めた顔で棒立ちになっている。

だが、圧倒的な力を目の当たりにしても全く動じていない者もいた。

獣人王。灰色の外套を纏ったその男は、巨大な虎と化したアイナを冷めた眼で見据える。

「小娘が――」

王が一歩前に出ると、アイナは咆哮と共に威嚇した。

それでも歩を止めない王へ、アイナは前足を振り下ろす。

吹き荒れる風によって、王の纏う外套が捲れた。

現れた王の素顔に――一瞬、真っ赤な亀裂が走ったのが見えた。

「――身の程を知れ」

王が冷酷に告げると同時に、アイナが地面に叩き付けられた。

雷が落ちたかのように大きな音が響く。足場となる木々が激しく揺れ、俺は膝をついた。

『ガ、ア……ッ⁉』

「アイナ⁉」

信じがたい光景だった。

王は、『完全獣化』によって巨大な虎と化したアイナを、片腕で軽々と叩きのめした。

力量の差があまりにも大きい。学園では敵なしだったアイナが、いとも容易く無力化されてしまった。

――これが亜人の王。

今まで、クレナやアイナたちから亜人の王について話は聞いていた。

彼女たちの言葉を、漸（ようや）く実感と共に理解する。……確かにこれは太刀打ちできない。これほど圧倒的な力を見せつけられれば、敵対なんて考えは頭から抜け落ちる。

獣人王は、倒れる虎を冷めた目で見下ろしていた。

そして、トドメの一撃（いちげき）を放とうとして――。

「王よ！」

背後から、鋭（するど）い声が響く。

「……リディアか」

やって来た狐の獣人を、王は眦（まなじり）鋭（するど）く睨む。

その顔は元のものに戻っていた。……今のも獣化の一種だろうか。

「どうか、矛（ほこ）をお収めください。貴方に暴れられると、この領地が保（も）ちません。……これでは、貴方に尽（つ）くす民もいなくなってしまうでしょう」

リディアさんは周囲を見回しながら言った。

先程の戦闘（せんとう）の余波によるものだろう。いつの間にか付近の建物は屋根が吹き飛び、壁（かべ）が瓦解（がかい）していた。吊（つ）り橋（ばし）を支える縄も千切れ、不安定に揺れている。

「元はと言えば、お前たちが私の部下の邪魔（じゃま）をしたから起きた問題だ。切っ掛けはそちらにある」

「……それについては、謝罪いたします。申し訳ございません」

リディアさんは深々と頭を下げて謝罪した。

だが、悔しさのあまり、その拳（こぶし）は強く握り締められている。

「行くぞ」

王が踵（きびす）を返す。狼狽する兵士たちは、すぐに王の後を追った。攫おうとしていた女性のことはもういいのか、その場で解放する。

王たちが去った後、巨大な虎の肉体が縮小して元のアイナの姿に戻った。

服が消え、裸（はだか）になったアイナへ、リディアさんが素早（すばや）く外套を投（な）げ渡（わた）す。

傷だらけになった身体を隠したアイナへ、リディアさんは心配そうに歩み寄った。

「アイナ、無事ですか」

「……ごめんなさい、助かったわ」

「少し頭を冷やしなさい。貴女（あなた）は革命の中心となる、大事な戦力です。下手に動けば、敵は今まで以上に警戒（けいかい）してしまいます」

リディアさんの言葉にアイナは首を縦に振り、その場を後にした。

「アイナ――」

「今は、そっとしてあげてください」

どこかへ向かうアイナを追おうとすると、リディアさんに呼び止められる。

「アイナは……かつて、あの忌々しい王のもとで働いていたのです」

「そう、なんですか？」

「孤児だったところを王に拾われ、それから長い間、王の護衛として過ごしていたようです。しかし王の悪政についていけず、抜け出したところを私が保護しました」

話を聞いて、俺は少しだけアイナの強さに納得した。アイナの強さは獣人としての能力だけではない。実戦の時の器用な立ち回りもそのひとつだ。かつて王の護衛として働いていたアイナは、ただの学生と比べて遥かに実戦慣れしているのだろう。

「王は、アイナのことをどう思っているんですか。取り返そうとしているわけじゃ……」

「この件については既に終わった話ですから、心配ご無用です。アイナを保護する際、法外な額を払うことになりましたが……この獣人領でアイナに同情しない者はいません。多くの方が協力してくれたおかげで、事なきを得ました」

アイナのことを語るリディアさんの目は、我が子を慈しむ母のようだった。

「恐らくアイナは、王に散々虐げられてきたのでしょう。……あの子の王に対する憎しみは、きっと私たちの想像を絶するでしょう」

心の底から心配している様子で、リディアさんは言った。

そんな彼女を見ていると、俺は先程のことを思い出し、つい口を開く。

「……リディアさんは、大丈夫ですか？」

他人のことばかり心配しているリディアさんのことが、少しだけ気になった。

王に頭を下げる時、リディアさんは拳を握り締めていた。顔は見えなかったが……きっと屈辱だった筈だ。

「優しいのですね、ケイル様は」

リディアさんは、儚い笑みを浮かべて言う。

「久々に、誰かに心配されたような気がします」

「……きっと皆、内心では心配していますよ」

「かもしれませんね。ですが、それは毒です」

毒？　と首を傾げる俺に、リディアさんは遠くを眺めながら告げる。

「肩の力が抜けてしまいます。これでは、背負えるものも背負えません。……私は爪牙の会の代表ですから、常に気を引き締める必要があります」

そう言って、リディアさんはこちらを見る。

「ケイル様は休んでください。私は破損した家屋の復旧を指示してきます」

立ち去るリディアさんに、俺は掛ける言葉が見つからなかった。

夕食を済ませた後、俺は考えを整理するために一人でテラスに向かった。

獣人たちの革命に参加する気は……今のところ、ない。

リディアさんたちもなんとなくそれを予想しているのか、あまり返答を急かすことはなかった。それでも俺とクレナの滞在を許してくれるのは、純粋な善意によるものだろう。

爪牙の会も、本当は争いを求めているわけではないのだ。

獣人領を取り巻く問題について、色々考えていると……テラスの奥に人影が見えた。

アイナだ。手すりに肘を置き、無言で夜の街並みを眺めている。

王と争ってから元気がない。心配になった俺は、アイナに近づいた。リディアさんからは「そっとしてあげてください」と言われていたが、あれから少しは落ち着いたようだし問題ないだろう。

「アイナ」

「……ケイル」

夜空を仰ぎ見ていたアイナが振り返る。

「身体はもう大丈夫なのか」

「平気。獣人は傷の治りも早いから」

そう言ってアイナは自らの腕を軽く撫でた。

確かに傷はもう殆どない。獣人の中でも比較的〝格〟が高いアイナは、それだけ自然治癒力も高いのだろう。

「ごめんなさい」

不意に、アイナは謝罪する。

「本当は、もう少し後で事情を説明するつもりだった。……こんなすぐに巻き込むつもりはなかった」

その説明に俺は納得した。爪牙の会は、王の素質を持つ俺に、この獣人領を気に入らせるよう様々な工夫を凝らしていた。初日の華々しい歓待や、複数の女性による夜這いもその一環だろう。本来ならもっと慎重に事を運びたかった筈だ。しかしトラブルが生じて、俺が獣人領を気に入る前に事情を話さざるを得なくなってしまった。

「アイナは、俺を獣人の王にするために、今まで俺と一緒に行動してきたのか」

「ええ」

「吸血鬼領に向かった時も、サバイバル演習で一緒に戦った時も……全部、この日のためだったのか？」

「そうよ」

短い肯定ばかりが返ってくる。思わず、溜息を吐いた。

「怒ってる？」

「いや……怒ってはいない。ただ、残念だ」

俺は視線を逸らしながら続けて言った。

「俺はアイナのことを、普通に仲の良い友人だと思っていた。多分クレナも同じだ。なのに……アイナは打算で俺たちと関わっていただなんて、正直あまり知りたくはなかった」

アイナにも複雑な事情がある。そう思うと憤慨することはない。

ただ、打算で近づいてきたと考えると、やはり複雑な気持ちになる。

「十歳の頃、友人が王の部下に攫われた。その子は今も館に捕らわれている」

呟くように、アイナは語った。

「十二歳の頃、学園の初等部を卒業して久々にこの領地へ帰ってくる途中、夜逃げする家族とすれ違った。彼らはすぐ兵士たちに捕らえられて、それから一度も姿を見せていない」

視線を落としながらアイナは続ける。

「獣人領では、こういうことが日常茶飯事になっている。……ケイルには悪いけれど、とても友人を作れる状況ではない」

感情が表に出ないだけで、アイナは色んなものを抱えているようだった。不幸な目に遭っている仲間たちを見捨てて、自分だけが幸せになることを許せなかったのだろう。

「アイナは昔、王のもとで働いていたんだよな？」

「……リディアから聞いたのね」

首を縦に振り、俺は続ける。

「アイナから見て、あの王はどんな感じなんだ？　極悪非道という噂だが……」

「その話は、あまりしたくない」

やや強い口調でアイナは切り捨てる。

詮索はやめた。しかし正直なところ、俺はこれが一番知りたいことだった。

――極悪非道な王が、道に迷った人間を助けるだろうか？

違和感は依然として拭えない。あの王が、噂通りの男だとどうしても思えない。

眉間を指で揉む。今日一日、色んなことを考えすぎたせいで頭が重たかった。

この違和感は保留にして、アイナの方を見る。

「もし俺が協力を拒んだら、アイナはこれからどうするんだ？」

「……分からない。ただ、とても困る」

微かに落ち込んだ素振りを見せて、アイナは言う。

「ここ数年、活動して理解した。王の代わりなんてそう見つからない。……貴方と出会えたのは奇跡に等しい。その奇跡が、もう一度起こるとは思えない」

素直に喜べない奇跡だった。

クレナの母が言っていた通りだ。俺の能力――【素質系・王】はかなり希少性が高い。それ故に多くの種族から注目される。

「返答を急かす気はないけれど、保留のまま帰すつもりはないから。できれば、真剣に考えてちょうだい」

そう言ってアイナは踵を返す。

彼女の言葉をしかと胸に受け止めながら、俺も部屋へ戻った。

「……どうするかな」

皆、余裕がない。

リディアさんも、アイナも、獣人領の現状を変えるために死に物狂いだ。

俺にしかできないことは確かにあるが、でも、だからと言って安易に協力はできない。いつまで獣人領に滞在できるのかは知らないが、もう少しここで獣人たちの暮らしを観察したい。悠長にしているとまた王の部下が迷惑をかけてくるかもしれないが、余所者の俺はできるだけ慎重になった方がいい。でないと何が正しいのか判断がつかなくなる。

ベッドに横たわり、瞼を閉じるとすぐに眠気がやってきた。

少しずつ意識が薄れていく、その時――。

「…………？」

もそもそと蠢く何かに気づき、目を開ける。

そこには二本の、縦長に伸びた白い何かが見えた。

微かな温かさを持つそれを、不思議に思いながら軽く摘まむ。

「やんっ」

妙に艶めかしい声がした。

「あら、目が覚めたようね」

胸元から声が聞こえ、視線を下げる。

そこには、桃色の髪をした獣人の女性がいた。女性の頭部からは二本の白い耳が生えている。……兎の獣人だ。先程、俺が触ったのはこの耳だったらしい。

驚愕と同時に、俺は勢いよく布団を捲って後退した。

「だ、誰だ、お前⁉」

「誰だっていいでしょう。それよりも――」

女性が胸の谷間から小さなガラス瓶を取り出す。

その蓋を開けると、桃色の煙が出た。

「ほら——もっと嗅いで?」

抵抗するよりも早く、桃色の気体が鼻孔を突き抜けた。

瞬間、頭が重たくなる。

「こ、れは……」

呻きながら辺りを見回した。

今まで気づかなかったが、既に俺の部屋はこの気体が充満していたらしい。いつからだろうか。そう言えばベッドに寝そべる前から頭が重たくなっていたような気がする。もしかすると俺が寝る前から仕掛けられていたのかもしれない。

今回の夜這いは中々手強い。

いや……ただの夜這いがこんな怪しげな薬品を使うだろうか。

もしかすると自分は今、危機的状況に陥っているのかもしれない。だが、これが罠だとしたら、誰の差し金だ? まさか獣人王? 先刻の報復に来たのだろうか。

その時、勢いよく部屋の扉が開かれた。

「妙な臭いがすると思ったら……」

部屋に入ってきたアイナは、ベッドの上で密着する俺と女性を見て顔を顰めた。

「久しぶりね、アイナ」

「ミレイヤ……どういうつもり？」

冷たい声音でアイナが訊く。

ミレイヤと呼ばれた兎の獣人は、挑発的な笑みを浮かべて俺にしなだれかかってきた。

「王の卵をここまで連れてきたことに関しては礼を言うわ。でもね、アイナ。色気のない貴女に男を誑かすことなんて無理よ」

そう言ってミレイヤは俺に口づけする。

唇の柔らかい感触が伝わり、一瞬、俺の頭は真っ白になった。

「――っ!?」

「初心ねぇ。アイナじゃなくて私と出会っていれば、毎日のようにシテあげたのに」

舌なめずりしたミレイヤは、俺の身体を軽々と持ち上げる。

同時に窓を開いたミレイヤは、軽くアイナを睨んだ。

「アイナ、じれったい貴女が悪いのよ。――王の卵は貰っていくわ」

そう言ってミレイヤは、俺を担いで窓から外へ飛び降りた。

兎の獣人ミレイヤは、俺(おれ)を担いだまま軽(かろ)やかに駆(か)ける。

吊り橋を走り抜け、建物の屋根を転々と飛び移る彼女に、領民たちは全く気づかない。

「お前……俺を、何処(どこ)へ連れて行く気だ……」

「口を閉じないと、舌、噛(か)んじゃうわよ」

大声で叫んでやろうと思ったが、身体が怠(だる)くてうまく口を動かせなかった。

長い間、景色が目まぐるしく変わっていたが、暫(しばら)くするとミレイヤは足を止める。

「こ、こは……」

獣人領は沢山(たくさん)の大樹を柱として活用することで、立体的に広がった街並みとなっている。

しかし目の前には、他の大樹よりも更(さら)に一回り大きな樹木が聳(そび)えていた。仰ぎ見ても頂上が見えない。背の高さも幹の太さも随一(ずいいち)だ。

その樹木の側面に、大きな横穴が空いている。

「面白(おもしろ)いでしょう。この先に私たちの隠(かく)れ家(が)があるのよ」

ミレイヤが横穴に入る。すると、外から見ている分には気がつかなかったが、地下へと続く空洞を発見した。慣れた動作でミレイヤはその空洞へ入り、内側に取り付けられた足場に何度か着地しつつ地下へと下りる。

やがて辿り着いたのは、大きな地下空間だった。

天井や壁面には、大樹の根が張っている。その凹凸を利用して灯りが設置されており、地下全体が明るく照らされていた。

「お嬢が帰ってきたぞ！」

入り口付近で待機していた獣人の男が、ミレイヤを見るなり叫ぶ。

すると、どこからか大勢の獣人が現れた。

「お嬢！　そいつが例の⁉」

「ええ。王の卵よ」

ざわざわと観衆がどよめく。

好奇、期待、疑念、嫌悪、様々な視線が突き刺さっていた。しかし今はそういう視線を気にする余裕がないくらい、頭が重たい。

「部屋の用意はできてる？」

「は、はい。あちらに……」

「ありがとう。じゃあ明日の朝まで、私と彼の二人きりにさせてちょうだい」

ミレイヤが言うと、指示を受けた獣人が一瞬、驚いてからすぐに頷いた。

地下空間は奥に進むほど道が舗装されており、やがて居住区のような場所へ出る。

「うふふ、驚かせちゃったわね」

俺を担いだまま、ミレイヤは笑みを浮かべた。

「私はミレイヤ。見ての通り兎の獣人よ」

そう言えば本人から名を聞くのはまだだったか。

そんな風に思う俺に、ミレイヤは続けて言った。

「そしてここは——角翼の会。革命軍、過激派とも言われているわ」

注目を浴びながら居住区を進んだ後、ミレイヤは突き当たりにある部屋の扉を開いた。

部屋はとても広い。床には赤い絨毯が敷かれており、向かって左には革製のソファと暖炉、右側には大きなベッドが一つ置いてあった。

「随分と、豪華な部屋だな」

「私たちの愛の巣よ」

ふざけた返答だった。真面目に受け取る必要はない。

「お前……何者だ」

「さっきも言ったでしょう。私はミレイヤ。角翼の会のリーダーよ」

リーダーであることは今、初めて聞いた気がする。

顔立ちからしてミレイヤはまだ若い。外には年老いた獣人も大勢いたが、若い女性であるミレイヤがまとめ役を担っているらしい。

「角翼の会……？　爪牙の会とは違うのか？」

「革命軍にも派閥があるのよ。私たち角翼の会は、リディアが率いる爪牙の会とは別の未来を見据えている。……要するに、革命後の実権を二つの派閥で取り合っているわけ。そしてそのキーとなるのが貴方よ、ケイル＝クレイニア」

どうやらミレイヤは俺のことをある程度、知っているらしい。

ミレイヤは俺をベッドに下ろす。

「……俺をどうするつもりだ」

「勿論、王になってもらうわ。正確には私たち角翼の会にとって都合の良い王に」

角翼の会がどういった思想で動いているのかは知らないが、俺は彼女たちの傀儡となる気は全くない。

立ち上がって、部屋を出ようとすると——激しい目眩がした。

「ぐ……っ⁉」

「無茶しないことね。まだ頭もうまく回らないでしょう？」

ミレイヤに両肩を軽く押され、再びベッドに腰を下ろす。

「……さっき、俺に何を嗅がせた」

「び・や・く」

艶めかしい呼気と共に、ミレイヤは言う。

「お、お前……なんてものを……！」

「身体能力の高さで知られる獣人だけど、実は弱点も結構あるのよ。その最たる例が薬品ね。……獣人の嗅覚は人間と比べて遥かに鋭いの。それを利用した薬は有効な手だわ」

「薬が獣人に有効なら、なんでお前は平気なんだ……お前も嗅いでいただろ」

「獣人には効かない、人間用の媚薬を混ぜたのよ。貴方、まだ準眷属なんでしょう？　だったらこっちも効くかと思ったけれど、想像以上に効果覿面みたいね」

「……くそっ」

丁寧に説明してくれるミレイヤだが、俺はそれどころではなかった。

慌ただしくて今まで気づかなかったが、ミレイヤの服装は露出度が高い。胸元は開いており、下半身もスカートのスリットから足の付け根が見えている。

「貴方がこの領地に来てから、ずっと陰で様子を窺っていたわ。どうやら王になる気はないらしいけれど、それなら貴方が納得するだけの見返りを提示すればいいだけよ」

「見返り……？」

「私を好きにしていいわ」

シュルリと衣擦れの音がした。

思わず目を逸らす。

「や、やめろ……」

「私だけじゃない。好きなだけ愛人に囲まれる生活を保証してあげる」

「そんなもの、いらない……」

「そう言っていられるのも今のうちよ」

妙に自信に満ちた様子でミレイヤは言う。

「今はまだ辛うじて自制できているようだけれど、獣人の欲はとても強いのよ？　食欲も睡眠欲も性欲も……ふとした時に爆発する。だからこそ、それが満たされた時の快楽は格別なの」

ミレイヤが、細長い指で俺の顎を持ち上げた。

「貴方はまだ、その快楽を知らないだけ。一度知れば……必ず病みつきになるわ」

気に入らないが、ミレイヤの言葉が事実であることは俺の本能が理解していた。このまま彼女に身を委ねれば、どれだけ心地よいだろうか。想像するだけでも理性が蕩ける。

しかしその先は地獄だ。

一度足を踏み入れれば、二度と帰ってこられない地獄である。

「貴方の服も脱がせてあげる」

ミレイヤが耳元で囁く。理性を掻き乱す淫靡な声音だった。

——人間用の媚薬が使われているということは。

ミレイヤの言葉を思い出し、俺は掠れた思考を呼び起こす。

この状況を脱する手立てを思いついた。

——俺がより、獣人に近づけば無効化できる。

身体の中で巡る、アイナから与えられた獣人の力を意識する。

これまでの経験から、俺は自身の能力である【素質系・王】の性質を理解していた。

俺の能力は可能性が分岐している。

例えばミュアの【素質系・剣】という能力は、将来、凄腕の剣士になるという未来が約束されているものであり、こちらは可能性が収束していると言ってもいいだろう。

しかし俺の能力である【素質系・王】は、将来どの王になるのか定まっていない。

素質系の能力であるにも拘らず、未来があやふやなのだ。

ミュアは素質系の能力を、定められた運命に引っ張られる力だと言っていた。

だが俺の能力は少し違う。

俺の能力はある程度、可能性を選択できる。

――獣人王の素質ッ！

可能性をひとつ選択する。

イメージするのは遥か未来。獣人王となった自分だ。その自分から力を貸してもらう。

潜在能力の前借りを、意図的に引き起こす。

すると――身体の奥底から、膨大な力が溢れ出た。

「っ⁉　流石は、王の卵ね……ッ！」

自身の〝格〟が膨れ上がったことを自覚する。

身体が軋んだ。肉体がより強靭なものへと変化し、心身ともに獣人へと近づいている。

同時に意識も少しずつ鮮明になっていく。俺が獣人に近づいたことで、人間用の媚薬が効果を失ったのだ。

「仕方ないわね……」

ミレイヤがサイドテーブルからガラス瓶を取り出し、蓋を開ける。

そして、中の液体を強引に俺の口へ注いだ。

途端、意識が急速に薄れていく。

「安心しなさい。こっちはただの睡眠薬よ」

その言葉を聞くと同時に、俺は意識を失った。


目が覚めると、全裸の女性が添い寝していた。

「おはよう。よく眠れたかしら？」

「う、おあっ⁉」

鼻先からかけられたその声に、俺は慌てて飛び退く。

混乱は一瞬で収束し、すぐに状況を理解した。昨晩、俺はこのミレイヤという兎の獣人に拉致され、最後は睡眠薬によって強制的に眠らされたのだ。

確かここは……角翼の会。

革命軍であることに変わりはないが、リディアさんが率いる爪牙の会とは異なる未来を見据えている組織だ。

「……取り敢えず、服を着てくれ」

「私、寝る時はいつも裸なのよ」

だから何だよ。

「いいから着てくれ！」

目を逸らして叫ぶと、ミレイヤはクスリと笑みを零して着替えを始めた。

「はい、着替えたわよ」

ミレイヤの言葉を信じ、恐る恐る目を開くと、確かにちゃんと服を着ていた。

昨晩と同じ露出度の高い服装かと思ったが、今回は多少マシになっている。

「昨晩の姿の方がお好みだったかしら？」

いたずらっぽい笑みを浮かべるミレイヤに、俺は舌打ちした。

こちらが苛立ちを露わにしたにも拘らず、ミレイヤは俺の背中に体重を乗せてくる。

「ふふ、我慢は身体に毒よぉ？　特に獣人の身体なら、尚更ね」

「……お前は目の毒だ」

「あら、うまいこと言うわね」

そう言ってミレイヤは身体を離し、部屋のドアを開いた。

「まずは朝食にしましょう」

廊下を進み、食堂に辿り着くと、数人の獣人がミレイヤの存在に気づいて腰を折った。

「お嬢！　おはようございます！」

「おはようございます！」

「ええ、おはよう」

畏まった挨拶をする獣人たちに、ミレイヤは優しく返事をする。

「……慕われているんだな」

「王の卵である貴方から見ればどんぐりの背比べかもしれないけれど、これでも私、〝格〟が高い方なのよ？」

中央のテーブル席に腰を下ろす。対面に座ったミレイヤは、カウンターの向こうにいる料理人に軽く手を振った。暫く待っていると、食事が運ばれる。

爪牙の会で出された料理と殆ど同じものだ。組織に違いはあれど、同じ場所に住んでいる以上、入手できる食材や調味料が似通っているのだろう。

「どう？　お口に合えばいいのだけれど」

「……食事は、美味い」

薄切りの肉を咀嚼しながら言うと、ミレイヤは「よかった」と微笑んだ。

食事をしながら辺りを見回す。

ここは食堂だ。獣人の数が多い。脱出を試みれば彼らは一斉に敵に回るだろう。

──強引に押し通るか？

昨晩と同じように、能力を上手く使えば俺自身の力はより強化される。但し、あれはミユアが言っていた「潜在能力の前借り」だ。できれば何度も使用したくない。

「脱走なんて無理よ」

ミレイヤは、こちらの考えを見透かした上で言う。

「角翼の会の拠点であるこの地下空間は、複雑な造りをしているの。慣れないうちは、角を三つ曲がるだけで遭難することもある。貴方がたった一人でここを抜け出すことは不可能に近いわ」

残念ながらミレイヤの説明は正しいと思われる。食堂までの道中、さり気なく脱出経路を探していたが、この拠点は複雑な地形をしている上に似たような構造物が多い。目印となるものを正確に把握しないと、現在の位置すら見失ってしまうだろう。

「この地下にいる獣人は、皆、ミレイヤの仲間なのか」

「ええ」

「随分と規模が大きいな。王は何も対策してこないのか」

「王は慢心しているのよ。定期的に領民の資金を絞り取ることで、反乱分子の動きを防いでいるつもりなの」

「……王は、革命軍の存在に全く気づいていないし、恐れてもいないということか？」

「そういうこと。だからいつも、あれほど傍若無人に振る舞えるのよ」

それはまた、随分と鈍感な王様もいたものだ。

食事が終わると同時に、傍で待機していた獣人が皿を片付け始める。

透明なグラスを傾けて喉を潤した後、ミレイヤの方を見た。

「お前たち角翼の会は、爪牙の会と何が違うんだ」

「……ついて来なさい」

そう言ってミレイヤは立ち上がった。

食堂を出るミレイヤの後を追う。長い廊下を突き進むと、次第に歓声のようなものが耳に届いた。徐々にその声は大きく聞こえ、やがて耳を劈くほどのものとなる。

「ここは……」

幾つもの灯りがその空間を照らしていた。中央には石材が円形に敷き詰められており、更にその周りを囲むように客席が設置されている。まるで円形劇場のような場所だが、中心で繰り広げられているのは演劇ではなく熾烈な戦いだった。二人の獣人が拳で強さを競い合い、観客たちはそれを見て盛り上がっている。

「闘技場よ」

汗を飛び散らせる男たちを見ながら、ミレイヤは言う。

「さっきの質問に答えるけれど。……昨晩も言ったように、獣人は他の種族と比べて欲が強いの。特に、身体を使った欲はね」

「身体を？」

「ええ。大地を駆け回り、空高く舞い、そして己の肉体ひとつで獲物を狩る。……狩猟民族である獣人は、戦うという行為にある種の神性を見出すの。だからこうして戦いの場を設けることで、獣人たちは本能の赴くままに肉体と精神を高めることができる。闘技場は獣人にとって欠かせない娯楽であり、伝統だった」

だった、と言うことは、今は事情が異なるのだろう。ミレイヤは続きを語る。

「けれど、獣人たちの本能を過剰に尊重してしまうと、あちこちで争いが起きてしまう。それを防ぐために、先代王は闘技場の廃止を決意した。だから、ここにある闘技場は非公認……つまり違法な施設なのよ」

争いを求める本能は、気性の荒さに直結するのかもしれない。

違法な闘技場には、異様な熱気があった。

「先代王はそれ以外にも、狩猟の仕組みや道場の在り方についても口出ししてきたわ。……実際、それ以降は治安が向上したように思える。でも、その強引な改革を不満に思う者だって当然現れた。それが、私たち角翼の会なの」

ミレイヤは俺の方を振り返って言う。

「爪牙の会は、先代王が築いた安全な獣人領を取り戻す気よ。対し、私たち角翼の会はそれ以前の、もっと自由だった頃の獣人領を取り戻したいの」

それが——二つの派閥の違い。

どちらも現状を変える必要はあると思っているが、その先は違う未来を見据えている。

客席へ向かうミレイヤについて行くと、幾つもの視線を注がれた。

彼らにとって俺は次代の王候補だ。注目されるのは仕方ない。

それにしては、どうも敵視されているような気もするが……。

「なんか、やたらじろじろと見られるんだが」

「私が貴方にベタ惚れしているという設定だから、皆、貴方のことが気になって仕方ないみたいね」

しれっと言うミレイヤに、俺は顔を顰めた。

「なんでそんな設定を……」

「貴方の求心力を上げるためよ。リーダーが認める相手なら、部下たちも認めるでしょう？……でも、ちょっと盛りすぎちゃったかしら。出会い頭に一目惚れして、その日のうちに身も心も捧げて、今では奴隷のように尽くしているという設定なのだけれど」

「盛りすぎだろ！」

どうりで恨みがましい顔で見られると思った。

結果的に求心力が下がっている気がする。

「……居たたまれないから、他の場所に移動してもいいか？」

「駄目よ。貴方にはここでやってもらいたいことがあるから」

ミレイヤの言葉に首を傾げる。

その時、大柄な男が近づいてきた。

「お嬢。そいつが王の卵ですか？」

黒い髪をした、筋骨隆々の男だった。男は俺の方を見てミレイヤに問う。

「ええ、そうよ」

「……信じられません。こんな脆弱な見た目で」

「貴方と比べれば皆、脆弱に見えるわよ。グラセル」

溜息交じりにミレイヤが言う。

よく見れば男の背後に、小柄な少女が隠れていた。男の背に隠れる少女は警戒心を露わにして俺を睨んでいる。

「紹介するわ、角翼の会の主戦力となる二人よ」

ミレイヤがそう言うと、男が俺の前に出た。

続いて、少女の方も不承不承といった様子で現れる。

「グラセルだ」

「……エミィです」

見たところグラセルはゴリラの獣人、そしてエミィは鳥の獣人だ。鳥の種類は分からないが、エミィは青い髪をして白い翼を生やしている。

あまりじろじろと見るのも失礼かもしれない。そう思って視線を逸らしたが、一方のエミィは眦鋭く俺を睨んでいた。

「貴方が、例の……ッ！」

「……？」

強い嫌悪の感情を向けられるが、心当たりはない。

困惑しているとミレイヤが助け船を出す。

「エミィ、そんなに睨んじゃ駄目よ」

「で、ですがっ」

「駄目ったら駄目よ」

微かに迫力を増して告げるミレイヤに、エミィは「……はい」と小さく言った。

「本当はあと一人、オッドという獣人がいて、ここにいる二人と彼を合わせて三人衆と呼んでいるのだけれど……今はいないようね」

「オッドは今、訓練場で兵士を扱いている最中かと」

「相変わらず後進の育成に余念がないわね」

グラセルの説明を聞いて、ミレイヤは嘆息する。

「さて……これからケイルには、この闘技場で三人衆と戦ってもらうわ」

唐突なミレイヤの提案に、俺は目を丸くした。

グラセルとエミィは既にこの話を承知しているのか、特に驚くことはない。

「なんで俺が、そんなことをしなくちゃいけないんだ」

「貴方の格好いいところを見たいからよ」

ふざけた言葉が返ってくる。この要求に応える必要はない。そう判断して唇を引き結んだ俺に、ミレイヤはそっと耳打ちしてきた。

「夜這うわよ」

背筋が凍る。ミレイヤは、硬直する俺の肩に手を置いた。

「昨晩と同じように、今夜も媚薬を使ってあげる。次は獣人にも効く薬よ……私も一緒に付き合ってあげるわ」

「……俺が抵抗しないとでも思っているのか」

「貴方が眠ってから行動を起こすわ。眠らないと言うなら、また今度にしてあげるけれど……私は何日でも待つわよ？」

地の利も時の利もミレイヤ側にある。

この上なく複雑な胸中だった。いっそ開き直って役得と受け入れてしまいたい。獣人になったことで欲が膨らんでおり、夜這いのことを考えると頭がクラクラとしてしまう。

でも——駄目だ。

昨晩、理性が働くうちに結論を出した筈だ。この一線は超えてはならない。二度と戻ってこられなくなる。

「自信がないのであれば、辞退しても構わないぞ」

その時、グラセルが嘲笑と共に言った。

「はっきり言おう。我々がお前に求めているのは、お飾りの王だ。偶々〝格〟が高いだけの獣人に、最初から大して期待などしていない。……爪牙の会では丁重にもてなされたらしいが、我々をあのような軟弱な組織と一緒にしてもらっては困る」

そう言ってグラセルは軽く周りを見回す。俺たちの会話を盗み聞きしていたらしい数人の獣人たちが、不機嫌そうに俺を睨んでいた。

薄々、予想はしていたが俺は歓迎されていないらしい。

別に歓迎されたいわけでもない。彼らの敵意を受けたところで痛くも痒くもなかった。

「戦いを挑まれて臆するとは……武と共に生きる獣人として、恥ずかしくないのか？」

「……安い挑発だな」

「ふん、張るべき意地すら持ち合わせていないようだな。お嬢には悪いが失望した」

張って欲しい意地、の間違いだろう。

生憎、外では未だに「落ちこぼれ」と罵られている身だ。

自慢ではないが、挑発には慣れている。

しかし――。

「……やればいいんだろ、やれば」

溜息交じりに告げる。

挑発に乗ったつもりはないが、夜這いは本当にやめて欲しい。

「投げ遣りね。一応言っておくけれど、わざと負けるとかはなしよ？」

「分かってる。……どうせ戦うなら、勝つつもりでやらせてもらう」

最悪の事態を想定する。いつまでもこの地下空間に閉じ込められているわけにはいかない。いざという時は、強行突破で外に出ることも検討しなくてはならないだろう。

三人衆とやらは角翼の会の最高戦力らしい。

なら、いざという時のためにもその三人の強さを見極めておく必要がある。

どのみち、ここで三人に勝てないようであれば、俺は地力で外に出られない。

「それじゃ準備してくるから、少し待っていてちょうだい」

ミレイヤが上機嫌に言ってどこかへ向かった。

俺とグラセル、エミィの三人がこの場に残る。

「勝つつもりか。……自惚れも甚だしい。恥を曝すだけになるぞ」

こちらを見下すような目でグラセルは言う。

「……無駄な挑発はもうしなくてもいい」

「なに？」

昨晩、俺は人間用の媚薬を無効化するために、能力の効果を高めた。

その結果、俺の獣人としての性質はより濃くなっている。

勿論、獣人としての欲求も強くなっていた。

――暴れたい。

地平線の果てまで駆け巡り、水平線の向こうまで飛び回りたい。

獣人としての本能が戦いを肯定する。

武を以て敵を征する素晴らしさを本能が訴える。

戦いを挑まれて臆する？

冗談だろ。

こっちはさっきから、ずっと我慢していたんだ。

「――後悔するなよ？」

無意識に口角が吊り上がる。

暴力的な衝動が、自分の中で少しずつ膨らんでいた。


筋骨隆々の黒髪の獣人、グラセルと相対する。

獣人領の地下――角翼の会の基地に設けられた円形の闘技場は、走り回ることはできても逃げ延びることはできない広さだ。砂の地面は踏ん張らないと滑ってしまう。爪先で地面を突き、調子を確かめる俺を、観客の獣人たちは訝しむように見ていた。

「一応言っておくけれど、正体はバレないようにね」

背後からミレイヤが声を掛けてくる。

「角翼の会で、貴方が人間だと知っているのは私だけだから。……貴方が王になった時の求心力に影響するでしょう？」

「……そもそも、なんでお前は俺が人間だと知っているんだ。爪牙の会でも一部しか知らない筈だぞ」

「スパイがいるのよ」

あっさり言ってのけるミレイヤに、俺は顔を顰めた。

リディアさんの話によれば、この地で暮らす獣人たちが革命を計画したのは随分前とのことだ。それだけ長い時間があれば、派閥が生まれることもあるし、間者を用いた探り合いも起こるのだろう。

「ちなみに、ここにいる獣人は皆、貴方が負けると思ってる。……その予想を覆してくれることを願っているわ」

そう言ってミレイヤは闘技場を出た。

改めてグラセルの方を見ると、不敵な笑みを浮かべている。

「お嬢は時折、我々の理解を超えた判断をする。……だから偶に、こうして我々がその判断の正当性を確かめるのだ」

グラセルが言う。

「ここで負けるようなら、革命でお前の出る幕もない。大人しく我々の言うことを聞いてもらおう」

戦いに勝利した際の報酬をグラセルは求めている。

だが、そもそも俺は革命に協力するなんて一言も言っていない。

「勝っても負けても、お前たちに協力する気はない」

戦意を隠す気は全くなかった。

全身から溢れ出す威圧が、グラセルに突き刺さる。

「……成る程。確かに〝格〟は高いようだな」

こちらを見下していたグラセルの瞳が、真剣なものとなった。

「しかし王の卵とはいえ、お嬢を奴隷の如くこき使うなど許せんことだ」

「それに関しては誤解だ」

「ふん、もういい。お前は言い訳ばかりだな」

「本当に誤解なんだ……」

角翼の会に所属する獣人たちには、俺がミレイヤを奴隷扱いしているという嘘が広まっている。俺がここの獣人たちに敵視されがちなのはそのせいだろう。

気持ちを切り替えて、戦いの準備をする。武器の持ち込みは禁止されていた。後は互いに位置につき、合図が出れば試合開始となる。

開始位置についたグラセルは、そこで急に自身の厚い胸板を叩いた。

握り締めた大きな拳で左右の胸を交互に叩く。ドラミングだ。

「ゴオォァァアアァァアアァァアアァァア――ッッ!!」

グラセルが大きく吠える。すると観客の獣人たちが雄叫びを上げた。

場の空気が一気に盛り上がる。

「何のつもりだ」

「パフォーマンスだ」

グラセルは答える。

「武闘は獣人にとって、伝統であり祭事でもある。……そんなことも知らないのか。どんな田舎で育ったのかは知らんが、同じ獣人とは思えんな」

藪蛇だったかもしれない。

グラセルは俺の正体が人間であると知らない。これ以上、余計なことを勘ぐられる前に戦いを始めるべきだ。

闘技場の外にいるミレイヤへ視線を送る。

合図を待つ俺に、グラセルも呼吸を整えて構えた。

「――始めッ!!」

ミレイヤが薄らと笑みを浮かべながら叫ぶ。

戦いの火蓋が切られた直後――。

「おぉおぉおぉッッ!!」

グラセルが一歩で俺の懐まで潜り込み、猛攻を仕掛けてくる。

迫る豪腕は、一目見ただけで恐ろしい威力を発揮すると確信した。直視すると恐怖のあまり身が竦みそうになるが、滾る戦意で臆病な自分をねじ伏せ、冷静な思考を保つ。

身を屈めて豪腕をやり過ごす。次いで、俺は素早くジャブを放った。

「ちっ！」

すぐに後退したグラセルが舌打ちする。

俺はグラセルを追い、力一杯拳を叩き付けた。

「――っ⁉」

驚愕したのは俺の方だった。

獣人の膂力で力一杯、殴ったというのに、全く動じていない。

刹那、頭上から黒い塊が迫る。それは体毛に覆われた極太の腕だった。

間一髪で躱した直後、グラセルの腕は床を叩き割り、轟音が響いた。

地面が激しく揺れて危うく転倒しそうになる。俺たちの戦いを見ていた獣人たちも、突然の揺れに尻餅をついていた。

「『部分獣化』か……」

腕が巨大化したグラセルを見て、俺は呟く。

「よく避けたな。しかし、次はない」

グラセルがこちらに振り向きながら言った。

距離を取れば、グラセルの変化がよくわかる。『部分獣化』によって変異した腕は丸太の如く逞しく、更に俺の身長ほどの長さに伸びていた。

――あそこまで腕を巨大化させれば、身動きが取れない筈だ。

先程の攻防である程度、グラセルの実力は把握できた。

元々、グラセルは力こそ強いが、速さはそれほどでもない。そんなグラセルが更に腕を重たくしたのだ。今まで以上に速さを犠牲にしている。

力が強い敵に、力で挑む必要はない。

グラセルが力で叩き潰そうとするなら、俺は速さで隙を突く戦法を選ぶべきだろう。

そう思った次の瞬間――グラセルは腕を元の大きさに戻した。

――『部分獣化』を解いた？

俺の速さで攻めるという考えを見透かしてのことだろうか。しかしそれでは先程と似たような攻防が繰り広げられるだけだ。

次はない、なんて強気に言っていたわりには消極的な作戦である。

グラセルがこちらへ接近した。

間合いは既に把握している。よく見れば回避することは可能だ。

しかし次の瞬間、グラセルはまだ俺との距離があるにも拘らず拳を振り上げた。

その距離では届かない筈だと、訝しむが——。

「なッ!?」

振り下ろされたグラセルの腕が巨大化する。

俺はその一撃を避けることができず、正面からくらった。

激しい衝撃が全身を襲う。あまりの威力に砂塵が舞い上がった。

吹き飛ばされながら両足に力を入れる。闘技場から出れば場外負けだ。辛うじて踏ん張ってみせる。

「察しの通り、俺の『部分獣化』は速度を殺してしまうという欠点がある。だからこうして、瞬間的に発動しているわけだ」

そう告げるグラセルの腕は、既に本来の大きさに戻っていた。

瞬間的な『部分獣化』……そんなことができるとは、知らなかった。

「……成る程」

しかし、獣化が使えるのはグラセルだけではない。

砂塵が晴れると同時に、グラセルは俺の姿を見て微かに驚愕した。

「勉強になった」

「……『部分獣化』で防いだか」

咄嗟の判断だが間に合ってよかった。

先程の一撃、無防備な状態で受けていればすぐに敗北していただろう。だから俺は『部分獣化』で腕を強化して防いだのだ。

だが、防いだとはいえ無傷ではない。

両腕には鈍い痛みが響いていた。二度目は受けきれないだろう。

「降参するなら、早めにしてもらいたい」

そう言ってグラセルは再び構える。

「見た目通り、力には自信があるのでな」

グラセルが接近してきた。

本来の間合いは把握しているが、『部分獣化』のタイミングが読めない以上、こちらは見てから反応するしかない。

——問題ない。

ふと、アイナのことを思い出す。

力強く、かつ速かった彼女と比べれば、グラセルは簡単に対処できる。

獣人の眷属になってから色んなことが変化した。

身体能力の大幅な向上に加え、獣化という特殊な能力。どちらも獣人を語るには外せない特徴だが、元が人間である俺にとってはそうした獣人特有の力よりも、人間の時にはできなかった動きが獣人になることでできるようになったという変化が魅力的だった。

逞しい膂力。鋭敏な五感。

そういう基礎的な能力が向上すれば、心にも余裕が生まれる。

そして心に余裕ができれば、技も冴える。

心技体のうち、体を中心に全ての能力が向上する。それが獣人の眷属だ。

——ここだ。

グラセルが『部分獣化』で攻撃範囲を詰める。

一度目はその急激な変化に気を取られて対処できなかったが、次は問題ない。

速度を殺さないための瞬間的な獣化なら、その一瞬の隙を突けばいいだけだ。

巨大化した腕でグラセルは俺を殴ろうとする。

今、グラセルの重心は前方に傾いている。

その力の流れを、活かすように――。

「ぬッ⁉」

グラセルが驚愕に声を漏らす。

拳を紙一重で避けた俺は、その勢いを殺すことなく背後へ受け流した。

更に――間髪を入れずにその足を払う。

「ぐおッ⁉」

巨大化した両腕に対し、グラセルの足は元の大きさを保っていた。

下半身への負荷は確実に大きい。つまり崩すなら、土台からだ。

俯せに倒れたグラセルは慌てて起き上がろうとした。

だが、それよりも早く、俺は拳を突き出す。

バキリ！　と大きな音がした。

「その力で、まさか自分が負かされるとは思わなかったか？」

突き出した拳は、グラセルの鼻先で床を砕いていた。

ゆっくりと腕を引き戻し、小さく息を吐く。

「勝者、ケイル！」

ミレイヤがどこか嬉しそうに笑みを浮かべながら言う。

グラセルは目を見開いたまま硬直していた。

ふと辺りを見回すと、観客の獣人たちも呆然としていた。


一試合目が終了したことで、俺とグラセルは闘技場の外に出た。

闘技場の中央は、グラセルの一撃によって大きく地割れが起きていた。傍で待機していた獣人たちが、急いで修復に取りかかる。

「どう、グラセル？　私の目は確かでしょう？」

「……ええ。正直、驚きました。まさかこうも簡単に負けてしまうとは」

グラセルは沈んだ声音で答えた。

落ち込むグラセルから離れ、ミレイヤは俺の方へ歩み寄ってくる。

「流石、王の卵ね。私が見込んだだけあるわ」

「……お前に見込まれたせいで、俺は散々迷惑を被っているんだが」

得意気に言うミレイヤに、俺の心労は一層増したような気がした。

なんにせよ勝つことができてよかった。あと二回勝てば夜這いを避けられる。

「しかし……闘技場が娯楽というのも、あながち間違いじゃないみたいだな」

安堵しながら辺りを見回すと、観客の獣人たちは各々楽しそうに言葉を交わしていた。

試合前はどの獣人も俺を敵視していたが、今は尊敬の眼差しを注いでくる者もいる。よく見れば賭けを行っている者もいた。次は俺に賭ける獣人が増えるかもしれない。

戦う前まではギスギスとした雰囲気だったが、散々こちらを挑発してきたグラセルに勝つことができたからか、気分はすっかり落ち着いていた。我ながら現金なものである。

「次の相手はエミィね」

ミレイヤが呟く。

エミィと呼ばれた鳥の獣人は、ちらりとこちらを一瞥してすぐに視線を逸らした。

「その……お手柔らかに」

多少の落ち着きを取り戻した俺は、恐る恐るエミィに声をかけた。

しかし彼女は、ゴミを見るような目で俺を睨み、

「気安く話しかけないでください、変態」

「変態⁉」

唐突な罵倒に、俺は驚愕した。

「しらばっくれても無駄です。私は、貴方がミレイヤさんにした悪行の数々を知っているんです！　く、首輪をつけて外を散歩させたり、足の指を丁寧に舐めさせたり……ひ、卑

猥です！　貴方なんて最低です！　この変態王！」

「変態、王……ッ!?」

エミィの口から放たれる罵詈雑言に、思わず立ちくらみがした。

変態王……そんな王にだけはなりたくない。

俺はエミィから目を逸らし、元凶のもとへ近づいた。

「ミレイヤ！」

「なぁに？」

きょとんと首を傾げるミレイヤ。その仕草にますます腹が立った。

「お前のせいであのエミィって子、とんでもない勘違いをしてるんだが」

「あら、王になってくれるなら、その程度いくらでもしてあげるわよ？」

「そういう問題じゃない！」

して欲しいとも思っていない。

「というか……そんな変態を王にして大丈夫なのか、獣人は」

周りにいる獣人にとって、俺は次代の王候補だ。

彼らは次代の王が変態でいいのだろうか。

「いいのよ。獣人なんて皆、強ければ他はどうでもいいって考えの持ち主なんだから」

俄には信じがたいが、その通りなのかもしれない。

事実、グラセルを倒してから、観客の何割かは俺のことを認め始めている気がする。

「……オッドはまだ来てないのね」

客席の辺りを見て、ミレイヤが呟いた。

「そのオッドという獣人が、三人衆の最後の一人か」

「ええ。三人衆の中でも、オッドが一番強いんだけれど……」

そこまで言ってから、ミレイヤはくすりと悪戯っぽく笑う。

「言っておくけれど、エミィもそれなりに強いわよ。先のことばかり考えていたら足元をすくわれるから、注意しなさい？」

楽しそうに忠告するミレイヤ。

そんな彼女の態度に、俺は疑問を抱いた。

「お前は俺に、勝って欲しいのか負けて欲しいのか、どっちなんだ？」

「最初に言った通りよ。私は貴方のかっこいいところを見たいだけ」

適当に誤魔化されているような気もする。訊くだけ無駄というやつだ。

溜息を零し、俺は整備が終了したらしい闘技場へ入った。

青い髪と白い翼が目立つ少女、エミィと対峙する。

華奢で小柄な少女だ。歳は多分、俺より下だろう。だが油断はしない。俺の妹、ミュアもエミィと同じくらいの背丈だが、彼女は凄腕の剣士だ。見た目で強さを判断するのは危険である。

集中力を高めていると、エミィが唐突に靴を脱ぎだした。

そのまま靴下も脱いで生足を露出させる。……細くて色白だ。触れると壊れてしまいそうな儚さすら感じる。

「――始めッ!!」

ミレイヤが試合開始の合図を出す。

直後、エミィが翼を大きく広げ、高く跳躍した。

上空へ跳んだエミィは、そのまま地面に下りることなく宙を滑る。

「飛んで、いるのか……」

軽やかに飛翔するエミィに、焦燥感を抱く。

エミィが空中にいる間、俺は何もできない。

軽やかに宙で身を翻したエミィは、真っ直ぐ俺を睨んだ。

エミィの両足が変化する。細くて色白だったその足は、瞬く間に鋭利な鉤爪を持つ鳥の足へと変化した。――『部分獣化』だ。このために靴を脱いだのか。

「行きますッ!!」

エミィが勢いよく降下してくる。

速い――獣人の強化された動体視力でも捉えきれない。

「ぐ――っ⁉」

回避は不可能と悟り、防御の姿勢を取ると、交差した両腕に鋭い痛みが走った。

鉤爪の切れ味も抜群らしい。すぐに振り返って攻撃しようとするが、エミィは既に空中へ上っていた。

空を飛ぶエミィと無言で睨み合う。

空を飛ぶという能力は確かに脅威だが、活路はある。

この闘技場での戦いは、武器の持ち込みが禁止されている。俺たちは共に、攻撃の際は相手に直接触れなければならない。

なら――近づいてきたところを、カウンターで仕留める。

グラセルの時と同じだ。

一瞬の隙を突いて倒せばいい。

「甘いッ！」

再び下りてきたエミィは、身構える俺を見て咄嗟に翼を広げた。

重ねられた二枚の翼が頭上から迫る。巨大(きょだい)な質量を持ったその一撃を、俺は慌てて横に転がることで回避した。

——駄目だ、受け流せない。

間近に迫られて気づいた。

体重を乗せた翼による一撃は威力が高い上に、点ではなく面での攻撃だ。本人の機動力も相まって、回避するのも一苦労である。とても受け流せそうにない。

「浅はかですね。その程度の考え、私が見抜(みぬ)いていないとでも思いましたか?」

「……くそっ」

恐らくエミィは、今までもこの作戦で戦ってきたのだろう。

だからこそカウンターの対策は完璧(かんぺき)だ。

舌打ちして、再びエミィの攻撃を待ち構えると——ふと、気づく。

「その……あまり真上に、行かないでくれ」

「貴方の言うことを聞く義理はありません。……真上からの攻撃が苦手ですか? なら次もそうしてあげましょう」

「いや、そうじゃなくて……」

挑発するような笑みを浮かべて真上に陣取(じんど)るエミィ。

俺はそんな彼女に、視線を逸らしながら言った。

「スカートの中が、見える」

「なっ⁉」

エミィは顔を真っ赤にして、慌ててスカートを押さえた。

「や、やはり、変態王……！」

「好きで見ているわけじゃない！」

教えてやったんだから紳士だろ。

「ス、スパッツはいてるから平気です！　この変態！」

エミィが怒鳴る。

——さっきから、言わせておけば。

随分と言いたい放題だ。徐々に腹が立ってくる。

しかし冷静にならなくてはならない。なにせ状況は圧倒的に不利だ。

なんとか打開しなくては——。

「……ちょっとルールを確認したいんだが」

エミィから視線を外し、ミレイヤに言う。

「フィールドにあるものは、自由に使ってもいいのか？」

「それは、構わないけれど……フィールドにあるものって、何もないわよ？」

ミレイヤが不思議そうに言う。

俺は『部分獣化』で腕を獣のものへと変え――思いっきり地面を殴った。

轟音と共に床の破片が飛び散る。

降り注ぐ破片をひとつ掴み、エミィに狙いを定めた。

「ちょ――」

「――落ちろ」

顔を引き攣らせるエミィへ、勢いよく破片を投擲する。

破片はエミィの翼に命中した。すぐに俺は二発目、三発目を投擲する。

「か……っ⁉」

二発目の破片は反対側の翼に傷をつけ、三発目の破片はエミィの鳩尾を抉った。

小さな悲鳴を漏らしてエミィが落下する。

「降参しろ。その翼では、もう飛べない」

破片が命中した際、抜け落ちた白い羽がゆっくりと落ちてくる。

落下の衝撃も強かった筈だ。これ以上、戦うことはできないだろう。

しかしエミィは呻きながらも立ち上がろうとした。

「……まだ、負けていません」

敵意を込めた瞳で、エミィは俺を睨みながら言った。

「まだ私は、戦えます――ッ!!」

震える身体でエミィは叫ぶ。

だがこれ以上の戦闘は明らかに不可能だ。

気を失うまで戦うつもりか……それはもう単なる試合では済まない。

「――見苦しいぞ、エミィ!!」

その時、どこからか怒号が放たれた。

気迫が込められたその声を聞いてエミィは肩を跳ね上げる。

声がした方を見ると、そこには一人の男がいた。

――強い。

一目見れば分かる。その金髪の男は他の獣人とは〝格〟が違った。

耳と尾から察するに、恐らく豹の獣人だ。体格はグラセルほど筋骨隆々としているわけではないが、しなやかで無駄のない肉付きをしている。

「遅いわよ、オッド」

ミレイヤが言うと、豹の獣人は深々と頭を下げた。

「申し訳ございません。部下の訓練に付き合っておりました」

謝罪したその獣人――オッドは、改めてエミィを見た。

「エミィ、下がれ。お前の負けだ」

「…………はぃ」

エミィは泣き出しそうな顔で頷き、闘技場を出る。

三人衆の最後の一人。オッドは眦鋭く俺を睨んでいた。


闘技場の整備が終わり、俺とオッドは舞台へ上がった。

角翼の会の最高戦力が三人衆であり、オッドはその中でも最強の獣人であるという。つまり角翼の会では、このオッドという男が一番強いのだろう。

客席には、オッドが連れてきたらしい十人近くの獣人が佇んでいた。精悍な顔つきをした彼らは席に座ることなく、ただ黙って闘技場で対峙する俺とオッドを観察している。

「圧力を感じているのであれば席を外すよう伝えよう。そういう意図はない」

俺が余計なプレッシャーを感じているのではないかと気遣ったのだろう。

戦いを有利に運ぶため、彼らを連れてきたわけではないと暗に伝えられる。

「……問題ない。あそこにいる獣人が、お前の部下か？」

「ああ。革命の際、私の指揮下で動くことになる優秀な兵士たちだ」

既に革命を起こす準備は着々と進められているようだ。

革命が起こればどれだけの犠牲者が出るだろうか。成功するにしても、失敗するにしても、下手したら今までの悪政による被害を上回るかもしれない。

「我々の行く末を懸念しているのか？」

心を見透かされて、俺は目を丸くする。オッドは微かに笑みを浮かべた。

「慎重で、思慮深い性格をしているようだな。……予想はしていたが、お前がお嬢を奴隷扱いしているという噂はやはり嘘か。大方、お嬢が場を盛り上げるために、意図的に吹聴したのだろう」

溜息交じりにオッドが言う。その推測が完全に的中していたため、俺は少々驚いた。

もしかすると、この男ならば俺の心境も理解してくれるかもしれない。

そもそも俺は勝手にここへ連れて来られただけの被害者である。外に出たいと頼めば検討してくれるだろうか。微かな期待を抱いてオッドを見ると——その瞳には強い闘志が灯っていた。

「王の卵よ、率直に言わせてもらう。……我々はお嬢を次代の王にしたいと考えている」

オッドが言う。

「角翼の会に属している者は皆、同意見だ。お嬢には王としての器がある」

「……なら、どうしてミレイヤは俺をここへ連れてきた」

「本人が乗り気ではないということだ。恐らく〝格〟の高さを気にしているのだろう」

オッドが声を潜めて言った。あまり他の獣人たちに、聞かれたくない話らしい。

「気づいているかもしれないが、お嬢よりも私の方が高い〝格〟を有している。だが、私はお嬢の下で働くことこそが獣人の未来のためになると考えているし、他の者も同様だ。私よりもお嬢の方が、他者を動かすことに長けている」

オッドは真剣な顔つきで語った。

「王の卵よ。恐らくお前が王に据えられるとしたら、我々がその補助をすることになるだろう。しかしそれなら、お嬢を王に据えて、他の者が補助をすることと大差ないと思わないか？」

「それは……」

「亜人の王に〝格〟が求められるのは、有事の際にその力で敵対者を威圧するためだ。だが、必ずしも王自身が力を持つ必要はないと私は考える。……お前には、王ではなく王の兵士になってもらいたいのだ。次代の王に忠誠を誓う最強の兵士……即ち、お嬢が持つ力の象徴となってもらいたい」

そう言って、オッドは構えた。

「私が勝てば、協力してもらうぞ」

オッドの全身から強い圧力が放たれる。

浮き立っていた空気が引き締められ、観客たちも口を閉ざした。

ゆっくりと構えながら、俺はオッドに訊く。

「……俺が勝ったらどうするんだ？」

「好きにすればいい。次代の王になってもいいし、全てを投げ捨てて消えても構わん」

思いの外、あっさりとした回答が返ってきた。

自身の勝利を確信しているのかもしれない。だがどちらかと言えば、やる気のない者をわざわざやる気にさせるほど暇ではない、と主張しているように思える。

「投げ捨てるつもりはないが……俺は王になる気も、お前に協力する気もない」

「なら、どうする気だ」

「さぁな。まあ……他の道を考えるしかないだろう」

オッドは俺の正体が人間であることを知らない。

だからオッドにとって俺は危機感に欠けた適当な獣人に見えるのかもしれない。

しかし俺も、自分の意思を譲る気はなかった。

——これは俺自身の生き方にも関わる話だ。

俺の能力は【素質系・王】。王になるための能力と言っても過言ではない。

しかしクレナは言ってくれた。俺が王になる必要はない。あらゆる王になる可能性を秘めた俺の力は、あらゆる王と対等になれるという未来も示唆している。

王と戦うための王。

王に抗うための王。

そんな仰々しい存在になれるだなんて、実は露程も思っていないが……。

でも、もし俺が、そんな存在になれるのだとしたら。

ならなくてはならない瞬間が、訪れるのだとしたら——。

——この選択は間違っていない。

俺は特定の種族の王にはならない。

王の悪政は獣人だけの問題ではないだろう。きっと色んな亜人社会で起こり得る。

ひとつの社会で大きな重荷を背負って、身動きが取れなくなるのは困る。自分の能力の使い道を——正しい在り方というものを、模索しなくてはならない。

その答えを掴み取るにはまず、目の前の男を倒す必要があるようだ。

「——始めッ!!」

ミレイヤが戦いの始まりを告げる。

先手はオッドが取った。

地を蹴(け)る音がしたと思えば、次の瞬間にはオッドが目前に迫っている。

咄嗟に腕を交差する。少し遅(おく)れて、強烈(きょうれつ)な衝撃が放たれた。

「ぐ……っ⁉」

グラセルと比べれば力は弱い筈(はず)だが、衝撃の強さは殆(ほとん)ど同じように感じた。

身体の使い方が上手(うま)いのだ。演習時のアイナを彷彿(ほうふつ)とさせる。獣人の身体能力と体術の組み合わせは、絶大な威力を発揮する。

小さな歩幅(ほはば)で間合いを詰(つ)められる。

試(ため)しにフェイントで一歩近づくが、全く動じることはない。一歩退(ひ)いて体勢を整えようとすると、今度は向こうから接近してくる。

拳が交互に繰(く)り出された。身を翻した後、半歩下がることで回避する。

直後、鋭い蹴りが放たれる。咄嗟に肘(ひじ)で防いだが、衝撃を殺しきれずに腕が軋(きし)む。

「エミィとの戦いは途中(とちゅう)から見物させてもらった。……グラセルとの戦いは、お嬢から詳(しょう)細(さい)を聞いている」

構えを維持(いじ)したまま、オッドは言う。

「お前があの二人に勝てたのは、機転を利かせたからだ。……決してそれが悪いわけではない。寧ろ立派な作戦のうちだとは思うが……要するにお前は、純粋な実力ではあの二人に勝てなかったということだ」

耳の痛い言葉だった。

オッドの拳が風を切る。右腕でそれを弾くと、今度はローキックを叩き込まれた。

体勢を崩された――追撃がくる。

次の一手を予測した俺は腕を軽く引き、カウンターの準備を整えた。

反撃の糸口が見えたような気がした。だが、思い通りの展開にはならない。

オッドが拳を突き出す。それを受け流しながらカウンターを繰り出すつもりだったが、

次の瞬間、オッドは身体を半回転させた。しまった、フェイント――そう気づいた頃にはもう遅い。回し蹴りが俺の鳩尾に炸裂する。

「が、あ……ッ⁉」

斜め上に蹴飛ばされた俺は、肺に溜めていた酸素を全て吐き出した。

床に打ち付けられ、背中に鈍い衝撃を受ける。

「私はあの二人より強い。そして、あの二人のような隙を見せる気もない」

立ち上がろうとしたその時、いつの間にか自分が巨大な影の中にいることに気づいた。

痛む全身に鞭打って、立ち上がった俺の前には――巨大な豹が佇んでいた。

「『完全獣化』……」

四足歩行の、しなやかな体躯だった。金色の身体には黒い斑点が混ざっており、背中の向こうには細くて長い尾が見える。虎の獣人であるアイナの『完全獣化』と比べれば、僅かに小柄だが……その迫力は勝るとも劣らない。

今の俺は獣人だ。しかし、目の前にいる獣が俺と同じ種族とはとても思えなかった。

豹がその大きな腕を振りかぶった。

マズい。次の瞬間に訪れる攻撃を予期した俺は、ぶわりと全身から冷や汗を垂らしながら素早く後退する。

振り下ろされた豹の腕は、盛大に床を割った。

グラセルの比ではない。風圧だけでも吹き飛んでしまいそうだ。

「く……っ!!」

蹂躙。その二文字が頭を過る。

これから始まるのは、戦いではなく蹂躙ではないだろうか。

『自惚れているわけではないのだろう』

大きな顎の奥から、重たい声音が響く。

『だが痛感した筈だ。お前は王の卵であって、王ではない』

ゆっくりと、豹が近づいてくる。

僅か半歩。豹にとってはその程度の移動でも、俺にとっては十歩にあたる距離だ。

『私に勝つには――まだ早い』

大きく開かれた顎が、真正面から迫った。

真っ暗な口腔(こうこう)が視界一杯(いっぱい)に広がったかと思えば、すぐに左右から鋭利な牙(きば)が押し寄せる。

慌てて上へ跳んで逃(に)げると、豹は軽やかに身を翻した。

長い尾に、横から叩(たた)かれる。

「ぐあッ!?」

勢いよく床に叩き落とされる。

立ち上がるよりも早く、大きな爪(つめ)が振り下ろされた。

咄嗟に腕を前に出し、衝撃に備える。

激しい一撃を受けると同時に、視界が真っ白に染まった。痛みが一瞬遅(いっしゅんおく)れてやってくる。

「ぐ、う……ッ」

『『部分獣化(それ)』では、防ぎきれんぞ』

腕(うで)を『部分獣化』で狼(おおかみ)のものに変えても、豹の一撃は防げない。

絶望的な力の差があった。

——信じられない。

一周回って焦り(あせ)は消えた。今、胸中にあるのは驚きだけだった。

あまりの実力差に愕然(がくぜん)としているわけではない。

先日のことを思い出す。

——あの王は、これをあっさりと倒したのか。

恐ら(おそ)くオッドの『完全獣化』とアイナの『完全獣化』は、そう変わらない。どちらも間近で目にしたからよく分かる。

アイナの『完全獣化』も、今、俺(おれ)の目の前にいるオッドと大差ない力を持っていた筈だ。にも拘ら(かかわ)ず、獣人の王はアイナをあっさりと倒してみせた。傷ひとつ受けることなく、微塵(みじん)も恐れることなく。……信じられない。当代の獣人王はそこまで強いのか？

とにかく、このままではオッドに負けてしまう。

今の俺の力では適(かな)わない。もっと獣人としての力を引き出す必要がある。

以前アイナが言っていた。獣化は、優(すぐ)れた獣人なら例外なく会得(えとく)できる。歴代の獣人王も全て獣化を使えたらしい。

恐らく『完全獣化』もその中に含(ふく)まれるのだろう。

なら【素質系・王】の能力を持つ俺に、できないことはない筈だ。

吸血鬼の、『血舞踏』と同じだ。

原理はまるで違うが、どちらも亜人の種族特性。潜在能力の前借りを行うことで、俺はいつか未来で手にするかもしれない技術を手元に引っ張ってくることができる。

その時、強烈な違和感を覚えた。

――なんだ、これ。

自分自身の中に眠る素質に、疑問を抱く。

求めている力は、すぐ目の前にあった。

恐らく手を伸ばせば届くが……。

――『完全獣化』の先に、まだ何かある？

もう一段階、上の力がある。そんな手応えがした。

考える暇はない。『完全獣化』を会得したからといって、オッドに太刀打ちできるとは限らないのだ。なら、少しでも強い力を引き出した方がいいだろう。

より強い力を掴み取る。

そして――その力を行使した。

『――ッ!?』

途端に膨れ上がった俺の〝格〟に、オッドは驚いて後退した。

ドクン、ドクンと心臓が大きく鼓動する。血潮が沸騰したかのように熱い。

「ぐ、が、ア……ッ」

身体が作り替えられていく感触があった。

これは、『部分獣化』でも『完全獣化』でもない。

「が、ぁあぁあぁあぁあぁあぁぁぁぁアアアアアアアア――ッッ!!」

徐々に声すら変質する。

身体の奥底から、抗いがたい衝動が込み上げた。

『その、力は……⁉』

豹と化したオッドが、こちらを見て驚愕した。

俺自身、何が起きているのか分からない。『完全獣化』の更に先にある力を引き出した結果、俺の肉体は歪なものへと変化していた。

獣の腕と獣の足。獣の瞳に獣の牙。

人の姿をしていた時とは比べものにならないほどの力が湧いてくる。

しかし、『部分獣化』や『完全獣化』と違って、姿は人のままだった。

だからだろうか――途轍もなく動きやすい。

今の俺は、人のまま獣になれる。

『グォォオォオォォォオオォオォォォ――――ッッ!!』

オッドが焦燥に駆られた様子で、巨大な腕を振り下ろした。

俺はそれを、片手で受け止めた。

『なッ!?』

目の前には巨大な化物がいる。

けれどその化物の存在感は、今の俺にとって大したものではない。

今のオッドは図体がでかいだけだ。獣化の力を十全に発揮しているとは言い難い。

獣化の力を、人という器に凝縮した今の俺には、適わない。

「ぐ、ぎ、イ……ッ!!」

溢れ出る衝動を、歯軋りしながら必死に抑える。

荒れ狂う闘争本能に意識を持って行かれそうになった。

「ガァ――ッ!!」

のし掛かるオッドの腕を弾く。

オッドの巨躯が軽く浮いた。

先日、この目で見た光景が脳裏を過る。

獣人王がアイナの『完全獣化』を無力化した時……その姿は僅かに変容していた。
これが、その力なのだろう。
拳を強く握り締めると大気が震える。巨大な豹の胴体へ、正拳を突き出した。
『――ッ』
耳を劈く爆音が響いた。
オッドは悲鳴を上げる間もなく場外まで吹き飛び、背中から壁に打ち付けられる。
角翼の会の拠点である地下空間が、激しく揺れた。
辺りの壁面からパラパラと石片が剥がれ落ち、あちこちから悲鳴が聞こえる。
大きな鳴動が落ち着いた頃、オッドは『完全獣化』を解いて人の姿に戻った。
こちらも獣化を解いて、元の姿に戻る。
小さく呼気を発する俺を見て、オッドは声を絞り出した。
「『獣神憑依』……伊達に、王の卵と言われているわけではないか」
そう呟いて、オッドは気を失った。
衝撃的な光景を目の当たりにして、誰もが口を噤む中、ミレイヤは静かに微笑む。
「勝者、ケイル」
どこか楽しそうなミレイヤの声が、辺りに響いた。

「王の卵！」

三人衆との戦いが終わった後。

夕食のため食堂を訪れた俺に、複数の獣人が近づいてきた。

「あ、あの、握手してください！」

「わ、私も!!」

若い男女の獣人が、それぞれ頭を下げてくる。

俺は差し伸べられた手を無言で握り返した。二人は心底嬉しそうな顔で「ありがとうございます！」と礼を述べ、いそいそと食堂を去った。

思わず溜息が出る。戦いが終わってから、こうしたやり取りがずっと続いていた。

「……これが狙いか」

向かいに座るミレイヤへ、俺は冷たい眼差しを送った。

「演出よ、演出。他所の領地から凄腕の獣人を連れてきたという設定でも、十分通用したけれど……それよりも、悪い評判ばかりが聞こえてくる中、実力で全てを覆してみせたという展開の方が大衆の心を掴みやすいでしょ？」

要するに、ミレイヤが流した悪い噂は、最終的に俺を持ち上げるためのものだった。俺が王になった際の求心力を少しでも高めるため、敢えて俺の悪評を吹聴していたのだ。

俺が角翼の会の最高戦力である三人衆に勝利すると同時に、ミレイヤはこれまでの悪評が全て嘘であると伝えた。すると客席にいた獣人たちは、掌を返したように俺のことを賞賛し始めた。

元々、獣人は「強さ」を尊重する気質だ。唯一の懸念だった俺の悪評が覆された今、彼らは曇りなき眼で俺のことを認めてくれている。

「悪い噂がなくなったのは助かるが……素直に喜べないな」

「貴方、見た目はちょっとなよなよしているけれど芯は強そうだから……外堀から埋めさせてもらうわ」

悪戯っぽくミレイヤは笑みを浮かべる。

周囲から注がれる好意的な視線に、居たたまれない気持ちとなる。

彼らは俺が次代の王になることを期待しているのだ。無垢な子供たちから尊敬の眼差しを注がれると、かえって苦しい気分になる。残念ながら俺がその期待に応えることはない。

これならいっそ、悪評が広まっていたままの方がよかったかもしれない。

「……俺はいつまでここにいればいいんだ」

「できれば、ずっといてくれた方が嬉しいのだけれど」

「断る」

ミレイヤのやり口も理解した。

オッドが言っていた通り、彼女は他者を動かすことに長けている。周囲の獣人たちをさり気なく誘導し、雰囲気や空気といった武器を用いてこちらの行動を封じる心算だろう。

このまま何もしなければミレイヤの術中に嵌まってしまう。

「……落ち着かないから、どこか他の場所に移動してもいいか？」

「ええ。取り敢えず、部屋に向かいましょうか」

ミレイヤと共に部屋へ向かう。

その途中、俺は扉が半開きになっている部屋を見つけた。

思わず立ち止まった俺は、中にある光景を見て目を丸くする。

「この部屋は……？」

「書庫よ」

部屋の出入りは自由らしい。ミレイヤに手招きされて、俺は中に入った。

「角翼の会は、獣人の伝統を重んじる組織。ここには、獣人の過去を学ぶための書物が沢山詰め込まれているわ。……折角だから、好きに読んでちょうだい」

ミレイヤのやっていることは些か過激ではあるが、その思想はあまり馬鹿にできるものではないと感じた。獣人は元来、欲求に従順な一族だ。それ故に、彼女たちは己の欲を制御できないのではなく、敢えて制御していないのだろう。過激だからといって安易に否定していれば、本質は見抜けない。

本棚を適当に眺めていると、気になる本を見つけて手に取った。

「これは……種族戦争に関する本か」

戦争を、獣人の視点で記録したものらしい。

予想はしていたが、獣人は種族戦争の時も、最も武闘派な種族として猛威を振るっていたらしい。白兵戦では最強の戦力だったそうだ。

こうした過去も、今の獣人の自信に繋がっているのだろう。

そんなことを考えながら、ページを捲ると――。

「……なんだこれ？」

そのページには、奇妙な絵が描かれていた。

巨大な狼だろうか。灰色の毛並みをした、巨大な獣が、禍々しい鎧を纏ったような絵だ。手足が重たい篭手のようなものに覆われており、その瞳は血走って真っ赤になっている。

「それは当時の獣人王よ。彼は獣人たちを勝利へ導くため、その絵に描いてあるような異形の姿となって戦ったと言われているわ」

ミレイヤが説明する。確かにそのページは、当時の獣人王に関する記述だった。この姿になった獣人王は尋常ではない強さを誇り、多くの難敵を討ち滅ぼしたらしい。

「この鎧も、獣化のひとつなのか？」

「多分そうね。でも、詳細は王にしか分からないわ。……その姿になれるのは、獣人王のみと言われているの」

王以外の獣人では、再現できなかったらしい。見た目は『完全獣化』の上に鎧を纏ったような姿だが、もっと根本的に、従来の獣化とは異なる能力なのだろう。

もしかすると、【素質系・王】の力を持つ俺なら真似できるかもしれない。

しかし――どうにも嫌な予感がした。

この鎧からは異様なものを感じる。本には、この姿となった獣人王は英雄の如き活躍をしたと書かれているが、俺にはどうしてもこの姿が良いものとは思えない。

「さて、そろそろ部屋へ行きましょうか」

本を棚に仕舞った後、ミレイヤに部屋まで連れられる。

部屋に入ると、ミレイヤは入り口付近に立ったまま、こちらに視線を注いだ。

「申し訳ないけれど、私は今からちょっと用事があるから、暫くここにいてちょうだい」

そう言ってミレイヤは部屋を出る。直後、鍵をかける音がした。

自分が軟禁されていることを思い出す。どうやらまだ、俺を自由にさせるつもりはないらしい。いつの間にか消えていた緊張感が蘇る。

「……なんとかして、逃げ出さないとな」

三人衆に勝利したことで、ミレイヤの夜這いに頭を悩ませることはなくなったが……それもどこまで信用していいものか。いつかまた襲われるかもしれない。

——今更だが、大変なことになってしまったなぁ。

部屋の中で一人、頭を抱えて蹲った。

数ヶ月前まではただの高校生だったのに、今では夜這いに悩む王の卵だ。

学園の友人を思い出す。ライオスにこの現状を伝えたら羨ましさのあまり「死ね！」とはっきり告げられるだろう。エディからは「贅沢な悩みだね」と冷笑されそうだ。

俺にとって日常とは、あまり良いものではない。

学園では落ちこぼれと罵られ、家では妹に養われる罪悪感に苛まれていた。

能力に目覚めて、漸くそんな日々から脱却できると思ったが——道はまだ長いらしい。

溜息を零し、落ち込む。

「……ん？」

部屋のダクトから妙な物音が聞こえたような気がした。

息を潜めてダクトを注視すると、奥から細い指が出てきて蓋（ふた）を開ける。

「やっと、見つけた……」

その先から現れたのは、見知った虎の獣人（じゅうじん）だった。

「……アイナ」

ダクトから出てきたアイナは、身体に付着した埃（ほこり）を手で払（はら）った。

「どうしてここに……？」

「貴方を助けに来たからに決まっているでしょう」

そう言ってアイナは溜息を吐（つ）く。

「油断しすぎ。自分が最強の存在になったとでも思っているの？」

「……悪い」

彼女の言う通りだ。

獣人領に来た時点で、俺の能力はある程度、周知されていた。ならばそれを利用しようと画策する者が現れることくらい、予想しなくてはならない。普段（ふだん）からもう少し注意深く過ごしていれば、そもそもミレイヤに拉致（らち）されることもなかっただろう。

「眷属化（けんぞくか）も解けかけているわね」

「……そう言えば」

三人衆と戦った時に少し無茶をしたからだろうか。身体の中に流れる獣人の因子が薄れているのを感じる。

「もう一度、眷属化するわ。指を出して」

「ああ」

アイナが爪で右手の親指に軽く傷を付ける。

同じように俺も、親指を軽く刺した。小さな痛みと共に、ほんの少しだけ血が出る。

互いに傷を付けた指を重ね合わせる。

直後、アイナの身体から俺の身体へ、獣人の力が流れた。

「……っ」

鼓動が激しくなると同時に、不思議な感覚を抱く。

身体が熱い。これは——欲求が、強くなっているのか。

無意識にアイナの姿に注目してしまう。元々、軽装を好むアイナは、ミレイヤほどではないが刺激的な格好をしていた。肌に吸い付くような薄い生地の服を着用しているため、無駄な肉がないスレンダーな体付きがよく分かる。

いつもの俺なら、こんなにまじまじと見ることはない筈だが……今の俺には目の毒だ。

「……ケイル」

「な、なんだ」

「もしかして興奮してる？」

「な」

あっさりと心の中を見透かされ、驚愕した。

「隠さなくていいわ、獣人の本能よ。……眷属化した直後だから、色々と不安定になっているのね。仕方ないわ」

「……申し訳ない」

いつもの無表情で諭される。

非常に気まずい。アイナが冷静であるため、罪悪感が増している。

「ミレイヤに、変なことはされなかった？」

「……されそうになったが、なんとか凌いだ」

「そう。よくあの女から逃げ延びることができたわね」

アイナは少し意外そうに言った。

「獣人の欲求は人と比べてとても強いの。一度スイッチが入ってしまえば色んな意味で見境がなくなってしまう。……発情期がいい例ね」

「発情期って……獣人にもあるのか？」

「ええ。もっとも、意識して我慢すれば平気なのだけれど……発情期は意図的に引き起こすこともできるし、そういう獣人の特徴を逆手に取る相手も世の中にはいる。獣人はハニートラップに弱いから注意してちょうだい」

「……気をつけます」

本当に、気をつけなければならない。

そもそも俺が拉致された原因も、ハニートラップを受けて無力化されたからである。

「でも、不便ね。色気のない私でも興奮するなんて」

「いや……そんなことは、ないだろ」

ぼんやりとした思考の中、視線を逸らしながら俺は言う。

「アイナは、その、魅力的な女性だと思うぞ。色気がないなんて、全く思わないし……」

そう言いつつアイナの顔を見ると、彼女は目を丸くしていた。

表情には出ていないが明らかに動揺している。アイナはそのまま三十秒ほど、信じられないものを見るような目で俺の顔を見つめていた。……そんなに驚かれるような発言をしただろうか。

やがてアイナの瞳が震えながら下を向く。

「……貴方、いつもそういうことを言っているの？」

「い、いや、そんなことはないと思うが……」

こんな状況にでもならない限り、先程のような発言はしないだろう。

答えると、アイナは物凄く複雑な顔をしていた。

「それ、駄目よ」

「え？」

「駄目……私まで変になる」

アイナが僅かに俺から離れ、こちらに背を向ける。

一瞬だけ見えたその頬は紅潮していた。

それと……尻尾の先端が、物凄く強い力で丸められている。

まるで何か、抑えがたい衝動を必死に堪えているかのように。

「発情した虎の臭いがすると思ったら……貴女だったのね、アイナ」

その時、部屋の入り口から声がした。

「ミレイヤ……」

音もなく扉を開き、部屋に入ってきた彼女はじっと俺の顔を見据える。

「ふぅん……微かに〝格〟が上がっているわね。助けに来たついでに、眷属化もしたって

ところかしら。……となれば、今が一番、崩しやすそうね」

ミレイヤが舌なめずりをする。

彼女は唐突に、服を脱ぎ始めた。

「な、何をっ!?」

「寝ていないから、夜這いではないわよ」

確かに夜這いではないかもしれないが、だからと言って普通に襲われてはたまったものではない。

困惑する俺をからかうように、ミレイヤはゆっくりと歩み寄ってきた。

その蠱惑的な眼差しに射貫かれると、思考が停止してしまう。

「ミレイヤ、やめなさい。ケイルが困っているわ」

「あら、本当に？」

ミレイヤはくすりと笑みを浮かべ、俺の頭を胸元へ抱き寄せた。

「むぐ……っ!?」

「本当に王の卵は困っているかしら？」

豊満な胸に顔が埋まる。

呼吸が苦しくなり、もがくと全身から柔らかい感触がした。微かに甘い香りもする。

……頭がクラクラとしてきた。

「ねえ、王の卵。こんな貧相な女より、私の方がいい抱き心地よ？」

ミレイヤの言葉は俺にとって刺激的すぎる。

しかしその声は耳から頭の中へ入り込み、何度も何度も反響した。理性が薄れていく。

「やめなさい。ケイルに色仕掛けは通用しない」

「色気のない貴女と一緒にしないでもらえるかしら？」

ミレイヤは、改めて俺の方を見た。

「王の卵……いいえ、ケイル＝クレイニア。貴方は何か勘違いしているかもしれないけれど、これはハニートラップではないのよ？」

「……なに？」

「罠じゃなくて、貢ぎ物なのよ。臣下が王に尽くすのは当然のことでしょう？」

何を言っているんだ。

意味が分からず怪訝な顔をする俺に、ミレイヤは説明した。

「欲求を満たすことを浅ましいと思わないでちょうだい。快楽も利益のひとつよ？　貴方は本能に負けるのではなく、理性で私を選んでもいいの。……これは、そういう交渉よ」

これは正統な交渉であると。

俺は、どちらを選んでもいいのだと……ミレイヤは告げる。

「ミレイヤ、それは詭弁よ」

「……さっきからうるさいわねぇ」

溜息交じりにミレイヤは言う。

「自分では王の卵を動かせないくせに、人に盗られるのは気に入らないっていうの？……どうせ貴女じゃあ、彼を満足させることなんてできないわ。その貧相な身体に魅了される男なんていないもの」

小馬鹿にするような声音でミレイヤは言った。

「アイナ、貴女にできることはもう終わったのよ。王の卵をこの領地に連れてきただけで十分。ここから先、貴女にできることはひとつもないわ。……分かったら、さっさと部屋から出ていってちょうだい」

ミレイヤの言葉に、アイナは暫く黙り込む。

アイナは、少しずつその瞳に苛立ちの色を灯し、

「……それを決めるのは、貴女じゃないわ」

そう言って、アイナも服を脱ぎ始めた。

「ケイル。私の価値は、貴方が決めて」

「ア、アイナ……」

嫌な予感がする。

ベッドに腰(こし)を下ろし後ずさる俺に、アイナは裸(はだか)で迫(せま)った。

「選んで。私か、ミレイヤか」

究極の選択って、こういうことを言うのだろうか。

アイナかミレイヤか。当然、選べる筈もない。

声を出せず、ただただ困惑していると、ミレイヤがアイナを睨(にら)んだ。

「背が高いだけの、無愛想で貧相な女のくせに。私に張り合おうっていうの？」

ミレイヤが言う。

しかしアイナは全く動じることなく、いつもの無機的な表情で口を開いた。

「贅肉(ぜいにく)をぶら下げることしか能がないくせに、よくそこまで得意気になれるわね。頭も脂(あぶら)で詰まっているのかしら」

「……なんですって？」

形勢逆転。アイナの一言がよほど効いたのか、ミレイヤは額に青筋を立てる。

「いい、アイナ？　貴女は腕っ節(ぷし)が強いだけなのよ。脱いだところでそれは変わらない。大体、貴女には女としての色気が――」

「ある」

はっきりと、アイナは言った。

僅かに頬を赤らめた彼女は、視線を下げながら続ける。

「ケイルは……ある、と、言ってくれた……」

そう言ってアイナは、真剣な眼差しで俺を見た。

そうよね？　と暗に同意を促され、俺は硬直する。思わず視線を逸らすと、今度はミレイヤがじっと俺を睨んでいることに気づいた。

「そうなの？」

「いや、その、まあ……はい」

「そう。なら――」

微かに不満気な顔をしたミレイヤは、俺の胸元へ身体を寄せた。

「私は？　私はどうなの？」

「あ、あると、思いますけど……」

緊張のあまり、何故か敬語が出てしまう。

そんな俺を、アイナは睨んだ。

「ケイル、そろそろ選んで」

「え、選べって言われても……」

「選べ」

「ひっ」

鋭い眼光に射貫かれ、鼻白む。

二人は対立している筈だが、彼女たちが暗に告げている言葉は全く同じだった。

——私を選ばないと殺す。

殺意だ。これは紛れもなく、怒気を超えた殺意である。

どう考えてもとばっちりだ。怒らせたのは俺ではない。二人が勝手に罵り合っているだけなのに……なんでその行く末を俺に委ねるんだ。

究極の選択？

とんでもない。どちらを選んでも同じ結末だ。

——誰か助けてくれ。

王の素質は、こういう時には全く役に立たないらしい。

眷属化された直後で体調も不安定だ。膨らんだ欲求は、目の前にある快楽を貪りたいと訴えている。

辛うじて理性が本能を抑える中、俺はこの獣人領に来ているもう一人の仲間のことを思い出した。

――クレナ。

明るくて屈託のない、あの少女のことを思い出す。

彼女がこの場にいれば、何と言うだろうか。


『ミュアちゃんに言いつけるから』


「――それだけはマズい」

自分の身体が二等分される未来を幻視した。

我に返った俺は、しなだれかかるミレイヤを押しのけ、ベッドから離れる。

「悪いが……どちらも選べない。お互い、今はそんなことしている場合じゃないだろう」

急に冷静になった俺を、アイナとミレイヤは不思議そうに見ていた。

だが、次の瞬間。アイナが動く。


「――っ⁉」

アイナが素早くミレイヤの身体を手前に引いた。

ミレイヤの動きを封じながら、彼女は俺に告げる。

「突き当たりを右に曲がった後、左、右、左の順に角を曲がって。あとは真っ直ぐ進めば裏口から外に出られるわ」

「わ、分かった！　アイナは⁉」

「私はここでミレイヤを食い止める」

その一言に、部屋を出ようとした俺は一瞬だけ足を止める。

だが、アイナの自信に満ちた眼差しを見て、俺はすぐに部屋を出た。

アイナなら問題ないだろう。

角翼の会の三人衆でも『完全獣化』を使えたのはオッドのみ。アイナを止められるとしたらオッドだけの筈だが、そのオッドは俺との戦闘で負傷している。

「お、王の卵⁉　どちらへ――」

「悪いな！」

一瞬で廊下の端から端まで移動する。再び眷属化したことで俺の〝格〟は更に向上していた。全力で疾駆する俺に、追走できる者はいない。

獣人たちの制止を振り切り、アイナの指示通りに通路を進む。

やがて、外へと繋がる裏口を見つけた。

ケイルが部屋を去った後。

アイナに腕を掴まれたミレイヤは、やがて嘆息して身体の力を抜いた。今から追いかけても間に合わないと判断したのだろう。そんなミレイヤに、アイナも拘束を解く。

「結果は引き分けといったところかしら」

ミレイヤは床に脱ぎ捨てていた服を着直して呟いた。

同じようにアイナも服を着る。ミレイヤも口にしていたが、アイナの腕っ節は特に強い。少なくともミレイヤが相手なら不意打ちされても無傷で倒せると判断し、アイナは堂々と背中を向けながら服を纏った。

そんなアイナを見て、ミレイヤは微笑した。

「澄ました顔しちゃって。……発情しているくせに」

「適当なことを言わないで」

「貴女、顔に出ないだけで身体には出るのよ。緊張したり、興奮したりすると、尻尾の先っぽを丸める癖がある」

そう言われて、アイナはゆっくりと自分の尻尾を見つめた。

確かに丸まっている。完全に無意識の行動だった。

「ねえアイナ。貴女、一度も発情期が来たことないって本当？」

「……だとしたら、何？」

アイナはミレイヤを睨む。

厳密には、発情期は何度か訪れていたが、その全てを我慢していた。幼い頃は獣人王の護衛として過ごし、王のもとを離れてからは革命軍の主戦力して過ごしてきたのだ。そんな特殊な環境で育ったアイナに、発情期なんてものに現を抜かす暇はなかった。

「長い付き合いだから、ひとつだけ忠告してあげるわ」

ミレイヤは溜息交じりに言う。

「貴女、今のままだといつか王の卵を襲うわよ。なにせ、今までずっと拗らせてきて、ひたすら我慢に我慢を重ねてきたんだもの。身も心も許せる相手と出会ったら、あらゆる枷が外れてしまうと思うわ」

「……貴女と一緒にしないで」

「同じよ。私たちは獣人なんだから。……王の卵にも言ったけれど、我慢は身体に毒よ」

そう言って、ミレイヤは部屋から出て行った。

「なんとか、外に出られたか……」

アイナの指示通りに通路を進むと、無事に地下から出ることができた。

時刻は夜らしく、外は暗かった。足元に気をつけながら、自分の位置を把握する。

「ここは……獣人領の外か？」

遠くに小さな光が見える。恐らくあれが獣人領の灯りだろう。

角翼の会の裏口は、獣人領の外側に繋がっていたらしい。辺りには木々だけが存在し、夜の暗闇も相まって不気味な雰囲気となっていた。このような場所に出入り口を用意しても便利とは思えない。恐らく、革命に備えた避難経路のひとつなのだろう。

ミレイヤの部下が辺りを警邏しているかもしれないので、迂回して獣人領へ向かう。

――見覚えがあるな。

この光景に見覚えがある。多分、俺は一度ここに来ている筈だ。

曖昧な記憶を手繰り寄せると――。

「……そうか。ここは俺が、道に迷った時にいた場所か」

獣人領へ来る途中、荷物を奪った魔物を追いかけたことで、俺だけ森の中で迷っていた時があった。どうやらその時に辿り着いた場所へ、再び出たらしい。

先へ進むと、廃墟のような建物が見えた。これも以前、見かけたものだ。

獣人領へ向かうついでに、俺はその建物に近づいた。

「これは……」

廃墟だと思っていたが、違う。その建物の正体を知って俺は思わず立ち止まった。

――神族の遺跡。

以前、演習で見かけた遺跡と酷似した外装だった。だが、あちらの遺跡と比べると、こちらはまだ崩壊が進んでいない。原形を保っている。どうしてその遺跡が、こんなところにあるのかは疑問だが、今は考えても意味のないことだろう。

そう言えば――俺はここで、あの獣人王と会ったのだ。

今となっては、あの時の王が幻のように思える。獣人たちが語る王は、俺があの時に出会った優しい王とは別人かもしれない。

再び歩き出そうとした――その時。

俺は、目の前に佇む人影に気づいた。

見知ったその人影に、俺は思わず声をかけた。

「……どうして、お前がここにいる」

「獣人王……」

目の前にいるのは、紛れもなく獣人王だった。

何故ここにいる？　――革命を見抜かれたのか？

付近には、先程俺が使った角翼の会の基地へと繋がる裏口がある。まさか、獣人王はその存在にあらかじめ気づいており、ここで待ち伏せしていたのだろうか。

だとすると最悪の展開だ。

王はここで革命軍が結成されていることを知り、すぐに対策へ乗り出すだろう。

しかし——不思議なことに、俺はそこまで焦っていなかった。

恐れはない。どうしてか、敵意も抱けない。

それはきっと今の獣人王が、最初に会った時のような——道に迷った人間を助けるような、親切な男に見えるからだ。

「覚悟はあるのか？」

「……なに？」

短い問いを繰り出される。

その意味と意図が分からず、俺は訊き返した。

王の静かな瞳が俺を映す。理知的で、真摯な目だ。暴虐の限りを尽くしているという噂だが、そんなものとはかけ離れた印象を受ける。

「覚悟があるなら、私を討ちに来い」

そう言って、王は踵を返した。

「待て！」

離れていく背中を呼び止め、俺は訊く。

「……俺たちがここで会ったのは、何度目だ？」

その問いに、王はこちらを振り返り、微かに笑みを浮かべながら答えた。

「次は迷わないことだ」

王の背中が遠退き、やがてその姿は見えなくなる。

全身にのし掛かる圧力が消えたことで、俺は安堵の息を吐いた。

――やはり、同一人物だ。

あの王は、俺が以前、獣人領を訪れる前に森で迷っていたことを知っている。

道に迷った俺を助けてくれたのは、あの王で間違いない。

獣人領へ戻りながら、考える。

以前から疑問だった。暴虐の限りを尽くす王が、道に迷う人間を助けるとは思えない。

それに――「私を討ちに来い」とは、どういう意味だ。

あの王は何を考えているのか。……どれだけ悩んでも答えは出ない。

気がつけば、俺は爪牙の会へと帰ってきていた。

「ケイル君！」

建物の中に入ると、フロントにいたクレナが立ち上がって声を上げる。

「よかった、無事だったんだね」

「ああ……」

クレナは心の底から安堵した様子を見せた。

部屋の奥から、騒ぎを聞きつけたリディアさんもやって来る。

「ケイル様、ご無事でしたか」

こちらの顔を見て、リディアさんは胸をなで下ろした。

「貴方を攫ったのは、角翼の会の代表であるミレイヤだとアイナから聞いています。間違いありませんか？」

「……はい。その通りです」

肯定すると、リディアさんは嘆息した。

「もう知っているかとは思いますが、角翼の会は、私たち爪牙の会とは違う未来を見据えている派閥です。……派閥が違うとはいえ、革命の際は共に手を取り合わなくてはならないのですが……今からこの調子だと先が思いやられますね」

クレナも状況の説明を受けているのか、角翼の会については知っている素振りを見せた。

「リディアさん。アイナが一人で取り残されています。助けにいった方が……」

「あの子なら大丈夫でしょう。角翼の会でも、あの子を止められる者は殆どいません」

アイナは角翼の会の裏口を知っており、俺がいた部屋にもダクトから入ってきた。恐らく基地から抜け出す道も調べているだろう。リディアさんの言葉に納得する。

「今回の件は私の不注意が招いた結果です。本当に、申し訳ございませんでした」

「いえ、リディアさんが悪いわけでは……」

深々と頭を下げてリディアさんは謝罪した。

「とにかく、今はゆっくりとお休みください」

リディアさんの言葉に従い、俺はクレナと共に客室がある二階へと向かった。

「ケイル君……何か考えてる？」

階段を上った辺りで、クレナが訊く。

「分かるか？」

「うん。その顔、前にも見たことあるよ」

クレナは微笑みながら言った。

「私が帝国兵に追われている話をした時と同じ。……今度は、アイナさんの問題について考えているのかな？」

アイナだけの問題というわけではないが……概ね正解だった。

獣人領が抱えている問題は大きい。俺は獣人ではなく人間だが、アイナという友人を通してこの地で起きる問題に何度も触れてきた。今更、他人事のように見て見ぬ振りをすることはできない。

やはり、今の俺にできることと言えば、ひとつしかないだろう。

誰も気づいていない違和感。俺だけが知っている不審な点。

それを解消するべきだ。

「……クレナ」

考えがまとまった俺は、クレナに言う。

「革命に、協力しよう」

驚きに目を丸くするクレナへ、俺は自らの考えを説明した。

第四章　革命

数日後。綿密な作戦会議を終えた俺たちは——革命の決行を前にしていた。

「予想通り、この辺りから警備が手薄になっているな」

闇夜に紛れて王の館へ接近する。

王が慢心しているためか、兵士たちの警邏も穴だらけだ。これなら強引に突破できる。

——作戦の決行まで、あと少し。

緊張は仕方ない。しかし一人で背負う必要はない。

傍にいるクレナとアイナを見る。彼女たちは頼りになる存在だ。

穏やかな風に枝葉がそよぐ中、俺は数日前のことを思い出した。

俺たちが、この革命に参加する決意を抱いた時のことだ。

会議室には、爪牙の会の上層部に加え、俺とクレナとアイナの三人がいた。

俺が角翼の会の基地から脱出した翌日。俺はクレナとアイナに相談し、決断した内容を、リディアさんたちに伝えた。

「革命に、協力していただけるということですか……？」

驚愕と歓喜を綯い交ぜにした表情で、リディアさんは俺を見つめる。

周りにいる獣人たちも、協力的な姿勢を見せる俺に「おぉ」と歓喜の声を漏らす。

リディアさんの対面に座る俺は、深く首肯した。

「はい。但し、二つだけ条件があります」

条件。その単語を聞いてリディアさんたちは唇を引き結んだ。

「ひとつは数日以内に作戦を決行すること。もうひとつは――死者を出さないことです」

死傷者を出さないこと。

それが俺の提示する、二つ目の条件だった。

「それは……厳しい条件ですね」

リディアさんが難しい顔をする。だがこれは譲れない一線だった。

――もし、俺の予想が正しければ、この革命で死者が出るのはあまりにも馬鹿馬鹿しいことである。

それに、俺はこの条件が厳しくても、無茶ではないことを知っていた。

「先にアイナと相談させていただきましたが、戦力的には可能な筈です。王はともかく、王の兵士は強者揃いというわけでもない。それに革命軍には、獣化が使える獣人も数多くいると聞いています」

勿論、王の兵士たちは無辜の民と比べれば十分に強い。

しかし革命軍の獣人たちも独自の訓練によって能力を鍛えている。

慢心している王は兵士たちの訓練にもあまり関心がないらしい。その結果、兵士たちの練度はかつてないほど落ちているというのがアイナからの情報だ。

「全面的に作戦を練り直す必要があるわ」

ここから先の説明は、以前から革命軍の一員だったアイナが引き継ぐ。

「死者を出さないためには、できるだけ過激な争いを避けるしかない。逆に言えば、戦力が正面衝突するような事態を避けることができれば可能性はある」

「……具体的にはどうするつもり？」

「少数精鋭で、王の館に斬り込む」

リディアの問いに、アイナは迷うことなく答えた。

「館に侵入した後も、必要最小限の戦闘しかしない。できるだけ迅速に王のもとへ辿り着き――捕らえる」

そうすることで、争いを極限まで抑えて作戦を遂行できる。

「但し、この作戦を実行するには陽動が必要になる。……血が流れるとしたら、そっちでしょうね」

表にいる兵士たちの目を引き付けるためにも陽動は必要だ。できれば館にいる兵士たちも誘き出したい。館に潜入する部隊よりも、陽動部隊の方が大規模な戦いを繰り広げることになるだろう。

「ケイル様。王を殺すことも、禁じられるのでしょうか」

アイナの説明を受けたリディアさんは、俺の方を見て訊いた。

「もし、王を殺さないつもりであるなら、王を捕らえなくてはなりません」

リディアさんが懸念していることを告げる。

俺は首を縦に振って続きを促した。

「他の兵士たちならともかく、王が相手となると私たちでは力不足です。そのため王を捕らえる役割はケイル様に果たしていただくことになります。……しかし王は強敵です。ケイル様が戦っても確実に勝てる保証はありません。そんな状況下で、捕縛を優先するのは少々リスクが高いと考えます」

至極当然のことをリディアさんは言った。

「死者を出さないという理想は構いません。ですが、王だけは一筋縄ではいかないでしょう。捕縛を優先するあまり、作戦に失敗してしまうと本末転倒です。……革命の成功か、王の捕縛か。この二つを天秤にかけた時、貴方はどちらを選びますか」

リディアさんが訊きたいのは、要するにこういうことだ。

——私たちは死者を出さないという条件でも構いませんが、寧ろ貴方はそれで大丈夫なんですか？

俺が王を無力化しなければ、革命は成功しない。

しかし、倒すと捕らえるでは難易度が大きく変わる。死者を出さないことを条件にした時、一番苦労するのは他ならぬ俺自身だ。

この革命に二度目はない。

失敗すれば王は反逆者の断罪を始め、より多くの死傷者が出るだろう。

リディアさんの問いかけに、少し考えていると——。

「——いざという時は殺す」

冷淡な声音で、アイナが言った。

「それでいいわね、ケイル？」

「……ああ」

話が想定していない方向へと進んでしまったが、俺は頷いた。

アイナはこの作戦の、本当の目的を知っている。

なら、彼女の判断を信用してもいいだろう。

「アイナが言った通り、いざという時は俺が王を殺します。但し、その選択は……俺に判断させてください」

「……分かりました。その方針で進めさせていただきます」

神妙な面持ちでリディアさんは頷く。

その反応に、俺は目を丸くした。

「どうかしましたか？」

「いえ……思ったよりも、あっさり納得してくれたので」

「元より我々の敵は王のみです。作戦の成功率を考えて、今までは敢えて言いませんでしたが……爪牙の会も、できるだけ死者を出さない作戦を模索していました。厳しい戦いになるかと思いますが、ケイル様のご助力が期待できるなら、不可能ではないでしょう」

どうやら爪牙の会も、死者を出さない戦いの準備をしてきたらしい。

——死者が出るか否かは、俺の働き次第で決まる。

俺が王に屈しなければ。

俺が王を倒すことができれば、この革命で死者が出ることはない。

「問題は陽動部隊ですね。こちらは大きな戦いになりそうですし、できるだけ強い戦力を揃えなければなりませんが……」

リディアが考えながら言う。

「大丈夫。アテはあるわ」

アイナの言葉に、リディアさんは目を丸くした。

「まったく。勝手にアテにされては困るのだけれど……」

数日前の作戦会議を思い出していると、背後から声をかけられた。

兎の獣人、ミレイヤだ。先日、俺を拉致した張本人だが、彼女は悪びれることなく俺の傍に近づいてきた。

「元々、革命の際は協力する手筈よ」

「まあそうなんだけれど……強いて言うなら、私たちが陽動に使われることが些か不満かしらね」

アイナの言葉に頷きつつも、ミレイヤは唇を尖らせた。

アイナが言っていた陽動のアテ。それは角翼の会だった。

角翼の会の獣人たちは、爪牙の会の獣人たちと比べて武闘派である。地下に隠し持っている闘技場がそれを如実に表していた。特に三人衆の実力は折り紙付きだ。彼らが陽動を受け持ってくれるなら、安心して館へ潜入できる。

「陽動と言っても、死傷者を出さないよう工夫するとなれば、かなりの危険が伴う筈だ。十分、気をつけてくれ」

「ええ、分かっているわ。……王の卵も気をつけて。貴方が死んでしまっては元も子もないのだから」

蠱惑的な笑みを浮かべてミレイヤは言う。俺は王を捕らえるべく、アイナ、クレナと共に館へ突入しなくてはならない。陽動部隊と違って大規模な戦いに参加するわけではないが、待ち構えているのは最強の獣人である。死の危険は俺たちの方が大きい。

「お嬢の言う通り、些かの不満はあるが……受け入れよう。敗者は勝者に従属する。当然の習わしだ」

ゴリラの獣人、グラセルが言う。

ここにきて、俺が闘技場で三人衆に勝ったという事実が活きていた。もし俺たちが戦うことなく、単なる顔合わせしかしていなかったら、彼らはこの作戦を簡単には承諾しなかっただろう。

だが、まだ一人だけ不満気な者もいた。

「不服です。どうして私たちが、変態のために陽動なんてしなくてはいけないのですか」

　エミィはそう言って俺を睨んだ。

「……その誤解はもう解けただろ」

「私のスカートの中を覗(のぞ)きました」

　不可抗力(ふかこうりょく)だと言っても全く納得してくれそうにないため、沈黙(ちんもく)することにした。

「そろそろ、我々は動き始めるぞ」

　豹(ひょう)の獣人であるオッドが言う。アイナと同じく『完全獣化』が使えるこの男なら、そう簡単には敗れることもないだろう。

「各自、戦闘準備をお願いします」

　後方でリディアさんが告げる。

　爪牙の会と、角翼の会。それぞれの獣人たちが、武器を構え、闘志(とうし)を燃やした。

「――作戦開始です」

　革命が今、始まる。

「て、敵襲(てきしゅう)――ッ!!」

　兵士たちが叫(さけ)ぶと同時に、革命軍は王の館へ攻撃(こうげき)を開始した。

先陣を切るのはミレイヤ率いる角翼の会。爪牙の会と比べ、個の強さに自信がある彼らはさながら一騎当千の勢いで兵士たちをなぎ倒し、道を切り拓く。

その様子を、俺とクレナ、アイナの三人は木陰で眺めていた。

「……ミレイヤは、予想通り前線に出て戦うタイプか」

ミレイヤは素早い動きで前線の敵を攪乱していた。その隙に、オッドたち三人衆が各個撃破している。俺を地下へ攫った際、ミレイヤは三人衆こそが角翼の会の最大戦力であると口にしていたが、ミレイヤ自身も彼らに見劣りしない実力者だ。

一方、リディアさんはミレイヤとは異なる活躍をしている。

「第一部隊、三十秒後にポイントBへ移動を開始してください」

リディアさんの声が戦場に響いた。爪牙の会のメンバーたちは、その指示に一糸乱れぬ動きで従う。角翼の会と比べ、爪牙の会は統率力が優れていた。

「リディア様、準備完了しました！」

「では五秒後に実行してください」

指示を受けた複数の獣人が、五秒後に『部分獣化』を発動した。そして、その巨大化した拳で大樹の枝をへし折る。家を載せ、長い吊り橋を支えるほどの大きな枝が落下したことで、真下にいた王の兵士たちは慌ててその場から逃げた。

「獣人ならではの作戦だな」

素早く枝に移動できる能力に加え、その枝を容易くへし折る膂力。いずれも、人間では実行できない作戦だっただろう。

リディアさんはすぐに次の作戦を指示する。……見事な連携だ。これだけ荒れた戦場で全ての兵士に的確な指示を出せるとは、その視野の広さには脱帽する。

しかし――意外にも。

リディアさんの指示に対し、最も的確かつ効果的に動いているのは、ミレイヤだった。

「ミレイヤさん」

「分かってるわよ。いちいち命令しないでちょうだい」

部下たちに守られながら、リディアさんは悠然と戦場の中心に辿り着く。ミレイヤはその隣に立ち、頬についた汚れを手の甲で拭った。

思想は真逆に近いのに、不思議なことに二人は以心伝心の関係らしい。

リディアが敵の密集地帯を指さす。直後、ミレイヤは無言でそちらへ駆け出した。三人衆がミレイヤの後を追い、援護する。

並び立つ二人は、この戦場でも異様な頼もしさを醸し出していた。

「……あの二人、組んだら最強なんじゃないか？」

「ええ。もうずっと前から言われているわ」

他の者たちも同意見だったらしい。実際、いがみ合っているのが馬鹿馬鹿しいくらいの相性の良さだ。

――陽動はうまくいってる。

順調に兵士たちを引き付けている。これなら俺たちも行動を始めてもよさそうだ。

「地下通路へ向かおう」

獣人領には、角翼の会の基地とは別に、巨大な地下空間がある。

元々は貯水槽としての役割を果たしていたが、今では王の館と繋げられ、緊急時の避難経路としても活用されていた。

その通路に、角翼の会は秘密裏に細工をしている。

角翼の会はこの日のために、基地から王の館へと繋がる侵入経路を幾つも作っていたのだ。俺たちは角翼の会の基地へ下り、その通路へ向かう。

「王の館へと繋がる通路は、こちらです!!」

基地へ下りた俺たちを、角翼の会の構成員が案内した。

細い通路の突き当たりへ辿り着く。一見すれば何もない行き止まりだが、案内役の獣人は壁面を力強く殴った。カモフラージュ用の薄い壁が崩れ、通路が現れる。

「健闘を祈ります!!」

案内役の応援に、俺は気を引き締めて通路へ突入した。

通路には灯りがついている。ということは――恐らく定期的に王の兵士が巡回しているのだろう。いつでも戦闘に臨めるよう、心の準備をせねばならない。

「角翼の会……だったよね。爪牙の会とは派閥争いが起きているって聞いていたけど、よく協力してくれたよね」

クレナが後方を振り返り、案内してくれた獣人を見ながら言う。

「約束を取り付けたからな」

「約束……？」

「革命が成功した暁には、獣人領に最低三つの闘技場を設置する。それを条件に、協力してくれることになった」

リディアさんに協力の意思を伝えた後、俺はすぐにミレイヤとも交渉を行った。

ミレイヤに攫われた時は怒りを覚えたが、今になって思い返すと、あれは必要なことだったのかもしれない。俺はあの一件で獣人たちの本能や文化について学ぶことができたし、結果としてその知識は交渉に役立った。

「……ミレイヤは、段階的に目的を達成するつもりなのね」

「ああ。角翼の会は、もっと色んな要求をしたかったみたいだが……流石にその全てを爪牙の会が呑むとは思えないし、一先ずの折衷案として闘技場三つという条件になった」

続けて、俺は説明する。

「後は俺も、決断を急かしたからな。この条件で妥協してくれないなら、革命には協力しない。……そう言ったら、爪牙の会も角翼の会も了承してくれたんだ」

そもそも何故、今まで俺が爪牙の会や角翼の会に振り回されていたのかというと、俺自身が革命への協力に否定的だったからだ。

逆に言えば——革命に協力する姿勢さえ見せれば、彼らは俺の言うことを聞かざるを得ない。何故なら俺は、革命に必須の存在なのだから。

「……悪いな、クレナ。クレナだけなら、巻き込まれずに済んだかもしれないのに。こうして協力してもらって……」

隣で一緒に走るクレナへ、俺は謝罪する。

「気にしなくていいよ」

クレナが笑って言う。

「エディ君とライオス君に、頼まれたからね。ケイル君をよろしくって」

「……あいつら、そんなこと言ってたのか」

　しかし、あの二人なら言いそうだ。

　気を引き締めねばならない状況なのに、一瞬だけ感情が落ち着く。

「謝らなくてはいけないのは、私」

　アイナが言う。

「獣人の都合に、二人を巻き込んで……本当に、ごめんなさい」

　いつも通りの無表情。けれどその声音には、ほんの少し罪悪感が込められていた。

「最終的には、俺自身が協力することを決断したんだ。勝手に巻き込まれたわけじゃない」

　狭い通路の角を曲がり、周囲を警戒しながら言う。

「私も、ケイル君と同じ意見かな」

　クレナが明るく言う。

「あ、でも……この件が終わったら、ケイル君は返してもらうからね」

「それは約束できない」

　空気がギスギスする。

　襲撃の最中だというのに、この状態はマズい。

「二人とも。今はいがみ合っている場合じゃ――」

　一応、注意喚起しておこうと思った、次の瞬間。

「お、おい！　侵入者だ！」

「くそ、地上は陽動か――ッ!?」

地下道を巡回していた王の兵士たちと遭遇する。

直後、クレナが『血舞踏』で血を宙に舞わせた。

「気づいたところで――」

クレナが血の斬撃を飛ばす。

二人いた兵士のうち、片方が吹き飛んで壁に打ち付けられた。

動揺するもう一人の兵士に、アイナが肉薄する。

「――もう遅い」

ドゴォン!!　とけたたましい音が響く。

アイナが拳で兵士を殴った音だった。

「……余計な心配だったな」

息の合った二人のコンビネーションを見て、俺は気を引き締める。

ある程度、道を進むと長い螺旋階段が現れた。通路の形状からして、俺たちが今いる場所は恐らく太い樹木の中だ。樹木の内部を空洞にして、塔のように利用しているのだろう。

兵士を撃退しながら階段を一気に駆け上がる。

階段を上った先で扉を開くと、見知らぬ建物の中に出た。

「ここは……」

「館の一階よ。ついて来て」

館から地下へと繋がる裏口だけあって、扉付近は薄暗く、人の気配も殆どなかった。慎重かつ迅速に廊下を渡り、二階へと繋がる階段を目指す。

「動くな、賊どもめッ!!」

槍を持った兵士たちが、俺たちの前に立ちはだかる。

数は——多い。あっという間に十人弱の兵士が集まった。律儀に全員と戦うのは骨が折れそうだ。

「アイナ、貴様……かつて王に育てられた恩を忘れたか」

「……好きで育てられたわけではない」

兵士の言葉に、アイナは冷たい声音で答える。

「それに、貴方たちこそ……好きで王のために戦っているようには見えない」

兵士たちは、その言葉に僅かな動揺を見せる。

「……我々の意思など、関係ない」

込み上がる激情を押し殺すかのように、兵士たちは力強く槍を握った。

「どのみち、ここでお前たちを止めなければ……我々が王に殺されるだけだ」

槍の先端が一斉に向けられる。

どうにかして、この場を切り抜けなければ――。

「二人とも、ここは私が！」

クレナが一歩前に出て言う。

これだけの数を一人で相手するのは困難だ。しかし、

「大丈夫。集団戦は、吸血鬼の方が得意だから」

「……そうだな」

かつて吸血鬼の身体になったからこそ、俺はその言葉が真実であると知っていた。

吸血鬼の種族特性である『血舞踏』は、汎用性が高く、あらゆる状況に対処できる。寧ろ俺たちが近くにいることで、クレナの行動が抑制される可能性すらあった。

「クレナ――任せた！」

「うんッ！　すぐ追いつくから!!」

勝つ気満々のクレナの声を聞いて、俺とアイナは先へ走り出した。


クレナと分かれた後、俺とアイナは館の上層に向かった。

「騒ぎを聞いて、移動している可能性はあるけれど……恐らく王は最上階にいる」

階段を駆け上がりながら、アイナが言う。

兵士たちは二階にも三階にもいたが、囲まれなければ負けることはない。アイナが腕を『部分獣化』させて数人の兵士をなぎ倒し、討ち漏らした兵士を俺は素早く仕留める。

「思ったより、弱いな」

「王の権力を笠に着ている連中だから。きっと鍛錬もサボっている」

その説明に納得する。

獣人たちは素の身体能力が高い。しかし俺も、アイナの眷属になってから随分と日数が経過しており、獣人の肉体に慣れていた。同程度の身体能力があれば、難なく対処できる。

見れば、廊下の奥で複数の兵士たちが、棒立ちになってこちらを見ていた。

その表情には諦念の色が濃く浮かんでいる。足が竦んで動けないようだ。

「そもそも、戦意がないのか……」

「忠誠を誓える王ではないわ」

当代の獣人王は評判が悪い。

王の部下である兵士たちなら甘い蜜が吸えるのかと思っていたが、そうでもないようだ。

本当の意味で王に忠誠を誓う兵士は、もう殆どいないのかもしれない。

「いたぞッ!!」

「止まれ、賊め!!」

四方から兵士たちが駆けつけてくる。

長い槍が一斉に向けられ、じりじりと距離を詰められた。

「戦意がないとはいえ、囲まれると面倒ね」

戦闘を覚悟したアイナは短く息を吐き、構える。

しかし、俺は兵士たちの瞳の奥にある感情を見抜いて、ある可能性に賭けた。

――これなら。

いけるかもしれない。

ただでさえ戦意は低く、鍛錬も大して積んでいない。

そんな兵士たちが相手なら、わざわざ戦う必要もない。

「ケイル……?」

構えることなく無防備に前へ出た俺に、アイナが小さく疑問を発する。

警戒心と恐怖を綯い交ぜにする兵士たちに、俺ははっきりと告げた。

「――『そこを退け』」

獣人の肉体に宿る〝格〟。

それを、相手に叩き付けるようなイメージと共に、命令する。

「あ……っ」

「う、ぁぁ……」

効果は覿面だった。

俺たちを囲んでいた兵士たちは、途端に顔を青白くして、恐怖に震え出す。

以前、吸血鬼領でヴァリエンス家の護衛たちに襲われた時と同じだ。

基本的に亜人は〝格〟の高い者には逆らえない。これは、その性質を利用した威圧だ。

「アイナ、行こう」

「……ええ」

驚いた様子のアイナと共に、兵士たちの包囲網を抜けて先へ進む。

兵士たちに戦意は欠片も残っていなかった。彼らは視線すら動かさずに、ただ黙って俺たちを見送る。

「凄いわね、貴方の力」

「元はアイナの力だけどな」

そう答えると、アイナは僅かに目を丸くした。

「そういう風に、驕らないところが本当に凄いと思うわ。特に私たち獣人は、自分の力に酔い痴れやすいから」

「……獣人は、欲が強いんだったな」

ミレイヤから聞いた話を思い出す。

「貴方も気をつけて」

アイナが言う。

「三番目の獣化は、少しでも気を抜けば本能に呑み込まれてしまう」

「……分かった」

三番目の獣化。それが何を指しているのかは、すぐに分かった。

角翼の会に攫われた際、俺がオッドを倒す時に使用した技だ。……アイナはあの技を、俺が使えると知っていたのか。

廊下を抜けて、階段を見つける。

真っ直ぐ階段の方へ走り出した、次の瞬間。

頭上から大きな影が落ち——巨大な熊の手が迫った。

影に気づいた俺とアイナが、間一髪で攻撃を避ける。飛び散る床の破片が頬を掠めた。

「アイナ！」

「……平気。珍しく、訓練された兵士みたいね」

少し離れたところでは、アイナが既に臨戦態勢を整えていた。

その視線の先に、二人の兵士がいる。

「これより先は、玉座の間」

「賊の侵入を、許すわけにはいかない」

二人の兵士の肉体がみるみる膨れ上がる。

俺たちの目の前に、巨大な鳥と、巨大な熊が現れた。

「『完全獣化』……」

誰もが使えるわけではない『完全獣化』を使う敵が、遂に現れた。

恐らく王の側近だろう。これまでの雑兵とは比べ物にならない重圧を感じる。

「ケイル、先に行って」

二人の兵士を睨みながら、アイナは言う。

「王に太刀打ちできるのは、貴方しかいない」

「……分かった」

アイナの言う通り、獣人王と正面から戦えるのは【素質系・王】の能力を持つ俺だけだ。

ここはアイナを信じて先へ進ませてもらう。

『逃がさんぞ――――ッ‼』

巨大な鳥が羽ばたき、一気に距離を詰めてくる。

しかしその巨体を、虎の腕が受け止めた。

『私を無視できると思った？』

『アイナ……！』

アイナもまた、『完全獣化』を使って二人の兵士と対峙する。

その隙に俺は階段を上り、突き当たりにある巨大な扉を勢いよく開いた。

「来たか」

短く、重く、獣人の王は呟いた。

部屋の照明は点いていない。しかし左右の大きな窓から月明かりが射し込んでいるため、視界は良好だった。足元には精緻な模様が刻まれた赤絨毯が敷かれており、部屋の奥には豪奢な玉座が鎮座している。

相対する一人の男は、王に相応しい貫禄を滲ませていた。

窓の外から聞こえる騒ぎが遠くなる。たった一人とはいえ、賊にここまでの侵入を許したにも拘らず、王はまるで平時であるかのように動じていなかった。

「さて――ここまで来た以上、私も迎え撃たねばならないな」

ぶわり、と。全身から汗が噴き出た。

静かな威圧。先程、俺が兵士たちを怯ませた時と同じように、獣人王は俺に〝格〟をぶつけてきた。

挑発しているのか。それとも無意識のうちに溢れ出しているのか。

いずれにせよ――俺はそれに、応えるつもりはない。

「……その必要はない」

僅かに目を丸くする王に、俺は言った。

「獣人王。俺はお前と、話をしにきた」

革命が始まる前のこと。

「革命に、協力しよう」

角翼の会から脱出した俺は、クレナにそう言った。

「協力って……ど、どうして？　ケイル君、今まで革命には協力しないつもりだった筈じゃあ……」

「そのつもりだったが、どうしても確かめたいことができた」

「確かめたいこと？」

訊き返すクレナに、俺は頷く。

「さっき、獣人王と会ったんだ」

「えっ⁉　だ、大丈夫だったの⁉」

「ああ、大丈夫だった。というより……多分、あの人は、最初から俺に危害を加えるつもりがない」

首を傾げるクレナに、俺は説明する。

「え……どういうこと？」

「実は俺、獣人領に来る前に一度、獣人王に会っているんだ」

「獣人領に来る途中、俺だけはぐれたことがあっただろ？」

「あ、うん。魔物に襲われた時だよね」

頷いて、続きを語る。

「あの時は本人に口止めされたから言わなかったが……迷っていた俺を、クレナたちのもとまで案内してくれたのは、獣人王なんだ」

目を丸くするクレナに、説明を続ける。

「だから、この領地で獣人王と再会した時は、目を疑った。獣人たちにとっては極悪非道の王でも、俺にとっては親切で、優しい人だったからな」

「……そう、だね。私も、その二人が同一人物とはちょっと思えないかも」

初めて獣人王と会ったのは、俺が森の中で迷っていた時。

二度目は、獣人領で兵士たちと睨み合っていた時。

そして三度目は――ついさっきだ。

「さっき会った時、獣人王は俺にこう言った。『覚悟(かくご)があるなら、私を討ちに来い』――これは一体、どういう意味だと思う？　どうして極悪非道の、やりたい放題の王様が、そんなことを言わなくちゃいけない」

疑問を投げかけたところで、クレナは何も答えなかった。

その反応は当たり前である。

「分からないよな」

「……うん」

「だから、確かめたいんだ」

一拍(ぱく)置いて、俺は自分の考えを述べた。

「なんとなくだが……獣人王は、俺たちが思っているような、悪い人ではないような気がする」

戦って、勝つべき相手ではない。

殺すべき相手ではない。そんな気がしてならない。

「でも、確かめるってどうやって……あ、そっか。それで革命に協力するって……」

「ああ。ちょっと、リスキーではあるけどな」

大体、こちらの意図は理解してくれたようだが、念のため口に出して説明する。

「こっちから獣人王に会いたいと言っても、誰も許してはくれないだろ。爪牙の会も、角翼の会も、俺を最終兵器みたいに扱っているわけだから……」

「うん。多分、そんなこと言ったら、リディアさんあたりが止めると思う。あの人たちは革命の成功を最優先にしているから、革命前にケイル君が危険な目に遭うのは、できるだけ避けたいもんね」

俺は首を縦に振る。

「そもそも、俺一人で獣人王のもとまでたどり着けるかどうかも分からないし、どのみちリディアさんたちには協力してもらうしかないんだ。でも、俺の根拠のない仮説で皆を危険にはさらしたくはない。……だから、その責任を取るためにも、革命に協力する」

仮に王が俺との個人的な対話を承諾しても、それが罠でない保証はどこにもない。

リディアさんもミレイヤも、革命前に俺と王が接触することは極力避けたがるだろう。

なら――革命の時に接触するしかない。

「革命に協力して、獣人王と話し合って……戦う必要がないと判断すれば、俺は戦わないことにする。逆に、どうしても倒さなければならないようなら、その時は俺が……」

続きを告げるには、覚悟が必要だった。

口を閉ざすわけにはいかない。俺は言葉の重たさを受け入れた上で、告げる。

「――その時は俺が、殺す」

それなら、俺の仮説が間違っていても、誰の迷惑にもならない。

「話がしたい、だと……？」

「ああ」

革命に協力するという義理は通した筈だ。

だから、ここから先は俺の意思を押し通す。

「俺は、できればお前と戦いたくない」

「……何故」

「何故って……当たり前だろ」

若干、呆れながら俺は答える。

「知っての通り、俺は人間だ。ただの学生で……とてもじゃないが、獣人たちの未来を背負える器じゃない」

こんなことを説明する必要すらないと思っていた俺は、微かな苛立ちと共に告げた。

だが、獣人王の表情は優れない。

「それは、気づいていないだけだ」

「……なに？」

「ケイル＝クレイニア。お前には器がある。お前はそれに気づいていない……いや、見て見ぬ振りをしているだけだ」

痛いところを突かれたと思った。

見て見ぬ振り――ああ、そう言われれば、そうなのだろう。

俺の能力である【素質系・王】の力は、未だに底が知れない。その気になれば、俺はこの能力の奥底にある全ての力を引き出せる筈だが……俺は今までそれを意図的にしてこなかった。その先に引き返せない一線があると直感しているからだ。

潜在能力の前借りが孕むリスクは、未来の固定化である。

たとえば俺が獣人王の力を引き出せば引き出すほど、俺の未来は獣人王に固定される。今まではそれが不安だったから、力を引き出すことに抵抗を感じていたが……もし全てを引き出せば、俺は王らしく振る舞えるようになるのかもしれない。

「本当は自分でも気づいている筈だ。お前はもう、王になる運命からは逃れられない」

「……」

「宿命と言い換えてもいいだろう。お前はまず、それと向き合わねばならない」

正論のように聞こえる。

だがそれはあくまで、獣人王の都合だった。

「だとしても、俺が獣人の王になる理由はない」

「理由ならある」

間髪を入れずに返してきた獣人王に、俺は眉を顰める。

「最早、獣人たちを導けるのは、お前しかいないからだ」

そう告げる獣人王の瞳には、諦念の感情が浮かんでいるような気がした。

「どういう意味だ」

「話し合いはこれで終わりだ」

獣人王が告げる。

「私はお前に言った筈だ。覚悟ができれば、討ちに来いと」

獣人王が一歩を踏み出した。

それだけで、全身に激しい重圧がのし掛かった。

「私の前に現れた以上、お前には既に覚悟があるということだ」

空気が軋む。

獣人王を中心に、床板に亀裂が走る。

「私を殺す覚悟。そして、私に殺される覚悟……」

ギチギチと、肉がはち切れるような音が聞こえた。

獣人王の指先から鋭利な爪が伸びている。その口腔からは獰猛な牙も生えていた。

「見せてみろ。お前の力と覚悟を」

強風が吹いたと思った。

前方からの風圧に目を細めた次の瞬間、豪腕が鼻先まで迫る。

胸を反らし、間一髪で攻撃を躱した俺は、数メィトルほど後退する。

「待て！　まだ俺は、話を――」

「話は終わりだと言った筈だ」

勝手に終わらせるな。

そう文句を言おうとしたが、頭上から迫る踵に気づいたので慌てて身を翻した。

轟音が響き、飛び散った衝撃波が俺の身体を後方へ吹き飛ばす。

「ぐ……っ⁉」

獣人――その種族特性は身体能力の大幅な向上。厳密には、獣の身体能力を再現することだ。吸血鬼と比べるとシンプルだが、その強さは吸血鬼に劣るわけではない。強靱な膂力。鋭敏な感覚。まるで闘争のためだけに存在するかのような肉体を持つ。それが獣人だ。

「こ、の――――ッ!!」

腕を獣化させ、横に薙ぐ。

だが獣人王は一切動じることなく、それを防いでみせた。

「見事なものだ。人間が、こうも獣化を使いこなすとは」

獣人王の姿が消える。

刹那、俺は背後へ振り向きながら蹴りを放った。

獣人王の拳と、俺の足が衝突する。アイナの眷属になってよかった。人間は勿論、吸血鬼の身体でも今の一撃には耐えられなかっただろう。

「気を休めるなよ」

「――――ッ!!」

人間や吸血鬼では知覚できないほどの、恐ろしく速い応酬が繰り広げられる。

一秒につき三回以上、視界が激しく変化した。床を這った次の瞬間には、壁面を駆け上がっており、いつの間にか空中で拳を交えている。

獣人王の背後に回った直後、その拳が放たれる。

体重なんて殆ど乗っていない、振り向きざまの小さな一撃は――俺の脇腹を掠めた後、壁に大穴を空けた。

夜風と共に月明かりが部屋に入る。

露わになった獣人王の顔は喜怒哀楽を浮かべておらず、淡々としていた。

その様子を見て我慢できなくなった俺は、胸中に蟠る疑念を吐き出す。

「どうして、森で迷っていた俺を助けた!!」

振り下ろされる手刀を、両手を交差させて防いでみせた。

なんとか耐えられる。自惚れるつもりはないが、リディアさんやミレイヤの言う通り、やはりこの王に対抗できるのは、【素質系・王】の力を持つ俺だけかもしれない。

「どうして、討ちに来いなんて言ったッ!!」

拳を交えながら、言葉も交わす。

獣人王は一切表情を変えない。それでも届いていると信じて言い続ける。

「分からないとでも、思ったのか……ッ！」

斜め下から迫り来る鋭利な爪を避ける。

避け損なったのか、頬に傷が刻まれ血が垂れた。

気にせずに、その胴へ拳を打ち付ける。

「兵士たちの士気は考えられないほど低く、警備体制も隙だらけ……」

後退する獣人王に、俺は叫んだ。

「――お前は最初から、この革命で負ける気だろ!!」

ずっと抱いていた予感を吐き出した直後、獣人王は眉間に皺を寄せた。

「負ける気？」

獣人王が言う。

「この、私が？」

言葉を確かめるかのように、ゆっくりと言う。

「……ふはっ」

やがて、獣人王は唇で弧を描いて笑った。

「ふははははははははははは――――ッ!!」

獣人王の放つプレッシャーが膨れ上がる。

笑い声のひとつひとつに、大気を吹き飛ばすほどの威力があった。ビリビリと空間が震動し、全身が痺れる。

「謝罪しよう」

真顔に戻った獣人王が告げる。

「中途半端に加減したせいか、いらぬ希望を抱かせてしまったようだ。私はただ、お前の力を目にしたいだけだが……そのような甘い考えが、お前から覚悟を奪ってしまった」

そう言って、獣人王は俺を睨む。

「私が本気になれば——お前も本気になるのか？」

先程から、この男は一体何を言っているのか。

理解できずに口を噤む俺は、その時、見てしまった。

獣人王の身体から溢れ出る戦意。

即ち闘気が——あまりの密度ゆえに可視化され、湯気の如く立ち上るのを。

「……ぁ」

ただそこにいるだけで、世界が滅びそうだった。

それだけの存在感が、獣人王の全身から放たれていた。

俺は今まで調子に乗っていたのかもしれない。

吸血鬼領でギルフォードを倒したせいか。それともクレナから、俺の能力は王に抗うための力だと言われたからか。或いはアイナや他の獣人に、獣人領の未来を託されたからか。

とにかく俺は——心のどこかで、自分は目の前の男と対等であると考えていたに違いない。

しかし冷静に考えれば、俺は今まで亜人の王に会ったことがないのだ。

だから、今、漸く理解した。

亜人の王とは、どういう存在なのかを。

「これを使うのは久しぶりだ」

獣人王の闘気が膨らむ。

その全身に、ゆっくりと赤い亀裂が走った。それはまるで、全身を駆け巡る煮えたぎった血が、外へ溢れ出ようとしているかのようだった。

「――『獣神憑依』」

一歩も動けずにいる俺に、獣人王は言った。

「三段階ある獣化の最終形態だ。一つ目の獣化は身体の一部を獣に変え、二つ目の獣化は全身を獣に変える。そして三つ目の獣化は――獣の力を人体に留める」

亀裂の刻まれた顔が、真っ直ぐ俺の方を向いた。

「お前も、使えるのだろう？」

どこでその情報を入手したのか。

いざという時の奥の手を、あっさりと看破される。

「――使わねば死ぬぞ」

その声は、すぐ傍から聞こえた。

十歩ほど離れた位置にいた獣人王は、いつの間にか真横に佇んでいる。少し遅れて、先程まで獣人王が立っていた場所から床を踏み抜く音が聞こえた。それと同時に俺は脇腹を殴りつけられ、吹き飛ばされる。

「ごァ……ッ⁉」

身体が乱回転しながら床と平行に飛ばされる。

あまりの衝撃に意識が一瞬、刈り取られた。

――死ぬ。

本格的に殺し合いが始まったことを確信する。

力の探り合いはもう終わったと言わんばかりに、獣人王はすぐに追撃を行ってきた。

「がっ⁉」

直撃は勿論、掠るだけでも意識を奪われかねない。

三段階目の獣化――『獣神憑依』。それは見た目こそ人の姿のままだが、威力は他の獣化と比べて格段に向上していた。

いわば『完全獣化』によって得られる人外の破壊力を、そのまま人の肉体に宿したようなものだ。小回りの利く人体で、あの大規模かつ暴力的な力を駆使する。その威力は絶大

と言わざるを得ない。

拳の一発一発が、巨獣の突進に匹敵する。

それを連打されるのだから……耐えられるわけがない。

「力を示せ！」

振るわれた拳は大気を押し出し、足元に散らばる瓦礫を根刮ぎ吹き飛ばした。

後退しようとする俺に、獣人王は肉薄する。

「覚悟を示せ！」

肉眼では捉えられない蹴りが繰り出された。

ほぼ直感で頭を下げる。瞬間、獣人王の爪先が頭上を通過した。一瞬でも頭を下げるのが遅れていたら、今頃、俺の首は断ち切られていただろう。

「お前が私を凌駕してみせれば、私はお前の願いに応じよう！」

それができないから困っている。

体勢を整えながら、俺は内心で悪態をついた。

「く、そ……」

どうして――どうしてこうなるのだろうか。

いけると思った。今回は、戦わずに決着をつけられると思っていた。

目の前の王は明らかに隠し事をしている。先程も、俺の力を目にすることができればそれでいいと言っていたように、この男の本当の目的は戦うことではない。

だというのに、今、俺が死にそうになっているのは……偏に俺が弱いからだ。

これが亜人の王。強靱な心がなければ、会話のテーブルにつくことすら許されない。

「来い！　ケイル＝クレイニア！」

絶大な威力を誇る拳を紙一重で避ける。

殺し合いに応じる必要なんてない。

何故なら、まだ話し合いすらできていない。

「頼む……」

戦うべきか否か。それすら分からない状況で、どうやって殺意を漲らせればいいのか。

人の上に立つ覚悟もなく、ほんの少し前まで落ちこぼれと罵倒されていたただの学生である俺には、あまりにも荷が重い要求だった。

「頼むから、俺と話を……ッ‼」

声をかけ続けろ。

そうすればきっといつか、応じてくれる。

飛び散った瓦礫が、俺のこめかみに鋭く命中した。

視界の半分が真っ赤に染まっても、俺は獣人王に訴えかけた。
「話、を…………ッ」
バキリ、と音がする。
縦に構えていた左腕が、獣人王の拳によってあっさりとへし折れた音だった。
意識が朦朧とする。
どうして自分はこんな難しいことを考えているのか、不思議な気分になってきた。
俺はただ、話がしたいだけだった。
でも、もう無理じゃないのか？
殺すとか、殺さないとか。できればそういう物騒な世界とは距離を置きたかった。
けれど、その考えは甘かったのかもしれない。
吸血鬼領で戦ったギルフォードと違い、今回の敵は獣人の王なのだ。
いつまでも理想に拘っているほど余裕はない。
それに……獣人王は俺と話す気がないみたいだ。
俺は一体、誰に気を遣っているのだろう。
——もういいか。
話なんて、しなくても。

「あァあぁああァぁぁaAAgkmvfdskgj――――ッッ!!」

その日。

俺は生まれて初めて、本気で能力を発動した。

激しい咆哮が、玉座の間に響いた。

獣人王の眼前で、一人の少年の姿が変貌する。

きっと本来は、何の変哲もない平凡な少年なのだろう。

しかし獣人の眷属となり、更には王の器を宿していたその少年は、もはや人間とは思えない姿へと変貌していた。

「グゥウウウゥウゥウゥアアアァアアァア――――ッッ!!」

唸り声と共に、肉体の軋む音がした。

少年の全身に真紅の亀裂が走る。両手からは名匠が打った刃物より鋭い爪が伸び、膨れ上がった両足は床を派手に砕いた。

第三の獣化――『獣神憑依』。相対する獣人王と、全く同じ力を使った筈だが……彼我の差は火を見るよりも明らかだった。

「――ガアッ!!」

刹那、少年の姿が消える。

怒声にも似たその声が聞こえたかと思えば——次の瞬間、獣人王の身体は壁に叩き付けられていた。

「ご、ぁ…………っ!?」

骨と内臓が悲鳴を上げる。

口から盛大に血を吐き出した獣人王は、朧気な視界でケイルの動きを捉えた。

頭上に持ち上げられた少年の腕。恐ろしい切れ味を誇るであろうその爪が、目にも留まらぬ速さで振り下ろされた。

「——ッ!!」

辛うじて反応できた獣人王は、その場から半歩離れる。

目の前に広がったのは、絶望的な景色だった。

「は、はは……なんという力だ……!!」

たったの一撃。

たった一回、爪を振り下ろしただけなのに——その斬撃は玉座の間を突き抜けて、獣人領を囲う巨大な樹木を纏めて切断していた。

「見晴らしが、よくなったな……」

あまりの非現実的な光景に、思わずそんな言葉を口にする。

追撃がない。見ればケイルは獣人王の目の前で両手を床につき、獣のような体勢で唸っていた。

「グ……ァァアァァアァァァ――ッ!!」

その口元から逞しい牙が生える。

その背中からは太く、荒々しい尾が伸びた。

――まだ上がるのか。

先程より更に力が向上している。

俄には信じがたいその光景を目の当たりにして、獣人王はひとつの結論に至った。

「そうか、【素質系・王】……そういうことか……ッ!!」

王の素質を持つ少年が迫る。

当代の獣人王は全力で肉体を酷使し、一歩で反対側の壁面へ移動した。

「お前が、我々の真似をしているわけではない……」

少年の一撃で吹き飛んだ壁を視界の片隅に捉えながら、工は呟く。

「我々が……今までずっと、お前の真似事をしていたわけか……ッッ!!」

少年が腕を横に薙ぐ。

立つことすら叶わないほどの暴風が吹き荒れ、玉座の間は破壊された。館はもう原形を留めていない。壁も床も天井も崩れ、無惨な姿になっている。

「……今の私では、敵わんな」

あらゆる獣人に怖れられる筈の獣人王は、今、為す術もなく床に這いつくばっていた。このような屈辱、王は過去に一度たりとも経験したことがない。

「それだけの強さがあれば、或いは……いや」

微かな期待を抱いた王は、すぐに頭を振ってそれを否定する。

「……これ以上、不確かな希望に縋ることはできないか」

己の覚悟を改めて確かめた王は、鋭く少年を睨む。

直後、少年は王の頭上で身体を回転させ、踵を落とした。

「が――っ⁉」

大気ごと押し潰される。

頭上からの強烈な衝撃に、踏ん張ろうにも一瞬で床が崩壊した。王の身体は館の一階まで落下し――――それでも衝撃が弱まることはなく、床を貫通し、外にある木々の枝葉や幹を突き抜けながら、地面まで落ちた。

「く、ぉお……ッ」

地響きが木々を揺らす。地面に大きなクレーターができた。

この状態で追撃を受けると防御できない。

痛む身体に鞭打って、身体を起こした王は頭上を仰ぎ見た。

そこに少年の姿はない。

少年はいつの間にか——すぐ隣にいた。

「しま——ッ!?」

大砲よりも強烈な蹴りが放たれる。

咄嗟に腕を交差させた王だが、衝撃を殺すことができず大きく吹き飛んだ。

「ここは……マズいな」

よろよろと起き上がった王は、辺りの景色を見て呟く。

「ケイル＝クレイニア。聞こえているなら、すぐに止まれ。……この場所は、マズい」

一縷の望みをかけて言葉を投げかける。

だが少年は明らかに理性を失っていた。声は届かない。

「く……っ!?」

トドメを刺すために近づいてくる少年に、王は必死に頭を回した。

だが、その直後。

『■■■■■――ッッ!!』

何処からか、異様な雄叫びが聞こえてくる。

少年よりも更に歪な、生き物のものとすら思えないほどの不気味な声だった。

「……ア？」

歪な声を聞いて少年は動きを止める。

一瞬の静寂。それを破ったのは、外からやって来た少女の声だった。

「――お爺ちゃん!!」

虎の獣人が、獣人王の傍まで駆けつけて言う。

「アイナ……何故、ここに」

怪我の具合を確認するアイナに、獣人王は目を見開いた。

同時に、吸血鬼の少女が少年に声を掛ける。

「ケイル君！　止まって！」

ケイルと獣人王が交戦している間。

クレナは吸血鬼の種族特性である血の操作を用いて、王の兵士を退けていた。

「『血舞踏』――《血閃鎌》っ!!」

真紅の斬撃が、薄暗い王の館を飛び交う。

三日月状に放たれた斬撃は兵士たちの槍や鎧を切り裂き、壁に大きな爪痕を刻んだ。

「ぐあッ⁉」

壁に叩き付けられた兵士が悲鳴を上げる。

「よし！　あと三人！」

事前に聞いていた通り、王の兵士たちの練度はそれほど高くない。悪政を敷く王の権力の上にあぐらをかいていたためだ。

「ま、待ってくれ！」

「降参だ！」

クレナが新たな『血舞踏』を発動しようとした直後、残る兵士たちが武器を足元に落として言う。

「……へ？」

あっさりと降参する兵士たちに、クレナは目を丸くした。

「えっと、降参って……ほんとに？」

「あ、ああ！　本当だ！　俺たちがお前に敵わないのはよく分かった！　もう手出ししないから、先に行ってくれ！」

「後ろから攻撃したりしない？　まあしても対処できるけど……」

「しない！　しない！」

そんな恐れ多い！　とでも言わんばかりに兵士たちは首を横に振った。

「そ、そもそも俺たちは、そこまで王のために身体を張る義理がない」

「……どういうこと？」

疑問を口にするクレナに、兵士たちは答えた。

「元々、俺たちも脅されて戦っているようなものだ。なにせ王に逆らえば、殺されてしまうからな」

「しかし、だからといって……王のために命を賭けるほど、馬鹿ではない」

それはそうだ。王に殺されるのが嫌だから戦っているのに、その戦いで命を落としてしまえば本末転倒である。

「吸血鬼がなんで、獣人の革命に参加しているのか分からないけどよ……期待してるぜ。あの王を倒すことは無理でも、せめて、少しくらいマシな世の中になればいいいな」

沈痛な面持ちで告げる兵士に、クレナは何も言えなかった。

そのまま無言で踵を返し、ケイルとアイナのもとへ向かう。

階段を上り、廊下を突き進んだ先に、大きな部屋があった。

部屋に入ると同時に、クレナは巨大な虎を見る。

「アイナ！」

『……クレナ』

巨大な虎が、獰猛な瞳をクレナに向けた。

『いいタイミングね。丁度、今――』

虎の身体が縮み、アイナは元の人型へと戻った。

「――終わったところよ」

そう告げるアイナの足元には、倒れた兵士が二人いる。

アイナはそのうちの一人が身に纏う外套を拾い、裸の身体に巻き付けた。

「私相手でこれなら、最初からケイル一人でよかったかもしれないわね」

気絶する二人の兵士を見下ろして、アイナは呟く。

「ケイル君って、やっぱり獣人としてもかなり強いの？」

「ええ。貴女の眷属だった時と同じように……今の彼は、王に匹敵すると思うわ」

吸血鬼領での一件は、二人にとっても記憶に新しい。

あの時のことを思い出し、クレナは息を呑む。

「クレナ。ひとつ、頼みを聞いて欲しいのだけれど」

「頼み？」

「ケイルが王を殺しそうなら……一緒に止めてちょうだい」

アイナの頼み事を聞いて、クレナは不思議そうな顔をした。

「それは、いいけど……アイナって、王を殺すことに賛成じゃなかった？」

「……事情があるのよ」

多くを語らないアイナに、クレナは少し険しい顔をする。

「もしかして、まだあるの？　私たちに隠していることが」

「ごめんなさい。でも、これで全部だから」

申し訳なさそうに告げるアイナの顔を見ていると、詮索する気も失せる。

その時、けたたましい咆哮が聞こえた。

「な、何、今の……⁉」

強烈な威圧感が全身にのし掛かる。

ぶわりと汗をかくクレナの傍で、アイナは青褪めた顔で玉座の間の方を見た。

「……ケイル？」

アイナが短く呟いた直後、更に大きな轟音が響いた。

強い地響きに二人とも体勢を崩す。

「急ぎましょう」

「う、うん！」

床も壁も亀裂が走り、王の館は今にも崩れ落ちそうなほど破壊されていた。

半壊した扉を抜けた先には――何もない。

「な、何これ……」

目の前の光景に、クレナは絶句する。

玉座の間は跡形もなく消し飛んでおり、そこにはただ夜の空が広がるだけだった。一体どれほどの戦いを繰り広げれば、これだけの被害が出るのか。

「二人は何処に……」

アイナは落ち着きを取り戻し、すぐにケイルと獣人王の姿を捜す。

「アイナ、あれ！」

クレナが慌てた様子で外の地面を指さす。

そこには革命が起きる前にはなかった巨大なクレーターがあった。

「この高さ……クレナ、下りられる？」

「うん！　掴まってて！」

アイナがクレナの腰に掴まると、クレナは背中から黒い羽を広げた。

そのまま二人は夜の空を滑空して、ケイルたちがいる場所へと向かう。

クレーターの傍で着地した二人は、そこから更に何処かへ向かって地面が抉られていることに気づく。その先へ向かうと、大きな建造物があった。

「こ、ここって……」

「……今は、先へ進みましょう」

石造りの建物の中に入り、ひたすら先へ進む。

捜していた人物はすぐに見つかった。だがそれは、想定していた光景とは随分違った。

「あれ……ケイル君、だよね……?」

震えた声でクレナが呟く。

ケイルは、革命前とはまるで違う姿になっていた。全身には仄かに輝く刺青のような模様が刻まれており、耳も尾も猛々しく逆立っている。筋肉は盛り上がり、牙は逞しく生え、爪は刃物の如く鋭利だった。

そのすぐ傍に、血まみれの獣人がいた。

今にも息絶えそうなその男が、獣人王であると判明した直後――アイナは目を見開いて疾駆する。

「――お爺ちゃん!!」

かつてないほど慌てた様子で、アイナが獣人王のもとへ駆けつけた。

その姿にクレナは一瞬、呆気にとられるが、すぐに我に返る。

「ケイル君！　止まって！」


二人の少女が現れた直後。

俺の思考は急速に冷めていった。

「……あ、れ？」

目の前には、全身傷だらけで今にも倒れそうな獣人王がいる。

傷だらけなのは俺も同じだ。手も足も顔も腹も、傷がない箇所を探す方が難しい。身体は熱く、拳を握り締めると恐ろしいほどの破壊衝動が湧き上がった。

何が起きたのかはなんとなく覚えている。

獣人王との話し合いが難しいと悟り、『獣神憑依』を発動した俺は――そのまま勢い余って、俺の本来の能力である【素質系・王】の栓を全開にしてしまったのだ。

「ここは……」

改めて、周りの様子がおかしいことに気づく。

そこは白い壁に包まれた不思議な空間だった。天井からは柔らかい照明の光が放たれており、壁には傷ひとつない。先程の戦闘によって床には傷や汚れがついているが、本来なら清潔に保たれた室内であることが分かる。

「神族の遺跡だ。……この場所で会うのは、これで三度目だな」

辺りを見回す俺に、獣人王がアイナに支えられながら、ふらふらと立ち上がって告げる。既に瀕死の状態とはいえ亜人の王だ。警戒する俺に、獣人王は力なく笑った。

「警戒しなくてもいい。戦いは、お前の勝利だ」

続けて、獣人王は言う。

「ケイル＝クレイニア。私の話を聞いてくれないか？」

話があると言った獣人王は、先に場所を変えたいと告げて移動を始めた。

俺たちは後を追うように遺跡の廊下を進む。

「……遺跡にしては、随分と清潔だな」

「我々が手を加えているわけではない。神族の遺跡には、自動的に内部を清潔にする機能があるようだ。もっとも、現存する遺跡でその機能が生きているものは少ないが……」

学園の演習で足を踏み入れた遺跡には、その機能が備わっていなかった。

あちらと比べ、こちらの遺跡はまだ幾つかの機能とやらが生きているらしい。

神族に関する伝承は、本当だったのか……？

気になるが、今はそれどころではない。

「……この部屋でいいだろう」

そう言って獣人王が案内したのは、やはり綺麗に整えられた部屋だった。

白い壁に白い床。部屋の中心には木製の机があり、その隣には本棚も置かれていた。

「まずは、今まで話し合いに応じられなかったことを謝罪しよう。私はどうしてもお前の力を確かめねばならなかった」

その言葉の意味は分からないが、ひとつだけ確信できたことがある。

「やっぱり、お前は最初から戦う気がなかったんだな」

「……そうだ」

獣人王は肯定した。

「全ては、獣人王の代替わりに端を発した問題だ」

「獣人王の代替わり？」

尋ねる俺に、獣人王は語り始める。

「獣人は他のあらゆる種族と比べて、本能的な欲求……特に闘争本能が強い。これはお前も実感していることだろう」

その問いに俺は頷く。

三段階目の獣化『獣神憑依』を発動した後、俺は激しい高揚感に包まれた。きっとあれが獣人の闘争本能なのだろう。

「〝格〟が高い王となれば尚のことだ。……王の欲求は凄まじく強い。それ故に、若いうちなら制御できても、年老いると理性が衰えて制御できなくなってしまう。やがて理性を失った王は、本能の塊になって暴走する。

獣人王の代替わりは、そのように暴走した先代王を討つことで完了となる。つまり……先代王を殺すことが、獣人王になるための条件なのだ」

「じゃあ、お前は、先代王をその手に掛けて当代の王に……」

「……いや、討っていない」

否定する獣人王に、俺は疑問を抱く。

今の説明が正しければ、獣人王は先代の王を殺している筈である。

「それが問題なのだ」

視線を落とし、自責に苛まれるかのように王は言った。

「神族というものを知っているか？」

「……古い時代に生きていた、伝説の種族ということくらいなら知っている」

「その通りだ。……神族の最大の特徴は、その高度な技術力にある。彼らは今の文明では考えられないような、高度な代物を幾つも発明していたらしい。たとえば特種兵装だ」

「えっ」

反応したのはクレナだった。

特種兵装とは、亜人の種族特性を利用した兵器のことだ。その材料は亜人の血となる。

元々クレナが吸血鬼領から王都へやって来たのは、帝国の兵士たちに、特種兵装の材料として狙われていたからである。吸血鬼の王弟ギルフォードはそこに一枚噛んでいた。

「あ、あれは、種族戦争の際に人間が作ったものじゃないんですか？」

「違う、元は神族が開発したものだ。人間はそれを発掘して利用しているに過ぎない」

クレナの問いに獣人王は答える。

「神族の遺跡には、彼らが生み出した数々の道具が眠っている。ここも例外ではない」

そう言って獣人王は立ち上がり、机の引き出しに手を伸ばした。

取り出されたのは鉄製の箱だった。獣人王は懐に仕舞っていた鍵でその箱を開ける。

「この遺跡に眠っていたものは——これだ」

箱の中に入っていたのは、細長い透明な容器だった。

「……注射器？」

先端の針と、中に入っている液体を見て、俺は訊く。

「亜人の種族特性を強化する薬だ」

獣人王が答える。

そんな薬……聞いたことがない。

「この薬が発見されたのは種族戦争の最中だ。当時の獣人王は、戦争に勝利するためにこの薬を摂取した。結果、王は歴代とは比べ物にならない程の強さを手に入れることができた。……しかし、人間が特種兵装を発掘したように、恐らく他の種族たちも似たようなことをしていたのだろう。結局、互いの戦力は拮抗し、勝者が決まることはなかった」

落ち着いた声音で獣人王は言う。

「勝者は決まらなかったが、獣人たちには問題が残った。薬によって強化された王を、代替わりで倒すことが困難になったのだ。

強化された王は、その暴走もまた歴代とは比べ物にならないほど凶悪だった。これに対抗するためには、次の王となる者も薬を摂取するしかない。結果、その代から獣人王は薬を摂取せざるを得なくなった」

こうして獣人王たちは、代替わりの度に薬に頼らざるを得なくなってしまった。

「しかし、その方法はもう使えない」

「……何故」

「薬の数が限られている。現時点であと一つしか残っていない」

深刻な表情で、獣人王は告げる。

「先代王は、薬の力を使って先々代王を倒した後、自分の暴走を少しでも抑えるために、闘争本能を刺激する闘技場を廃止した。これによって次代の王である私が、薬を使わずに代替わりを成功できるようにと考えたのだ。

しかし……事は思惑通りに運ばなかった。先代王の暴走は、これまで堪えてきた本能が爆発するかのように膨れ上がり、抑えるどころか寧ろ過去最大のものとなってしまった。先代王を倒すには、今までと同じように薬を使わねばならないだろう」

無念。そう言いたげな様子で、王は語る。

闘技場が廃止されたことは知っていたが、まさか、そんな理由だったとは……。

「暴走した先代王は今、この遺跡の最奥に閉じ込めている。……閉じ込めるといっても、先代王にとっては手頃な寝床といったところだ。私が定期的に生贄を捧げなければ、今頃は外に出てこの村を蹂躙しているだろう」

その説明を聞いて、俺は思い出した。

獣人王は、村の獣人たちを定期的に攫っているという話を。

「生贄って、まさか……」

「村の獣人だ。既に数え切れないほど犠牲になってもらっている。欲の捌け口さえ用意できれば、暴走は多少収まるからな」

淡々と告げる獣人王に、俺は目を見開く。

「じゃあ、貴方が悪政を敷いているという噂は……」

「……そういうことだ」

堂々と首肯する獣人王に、俺は思わず拳を握り締めながら訊いた。

要するに、この王は、自分が悪政を敷いていると獣人たちに誤解させたのだ。

「なんで……真相を、黙っているんだ？」

「語れる筈もない。有象無象の協力者が増えたところで、あれが相手では被害が増えるだけだ。何より……獣人の末路があのような怪物であるなどと、公言するべきではない。あれは我々獣人の、尊厳を崩壊させる」

忌々しい過去を思い出すかのように、苦い顔で獣人王は言う。

「公言できないなら、いっそ全てを私の責任にすればいい。そうすれば、私が消えることで、次の世代からはまた余計な不安を抱くことなく過ごせる」

意図するところは分かる。

だがそれは、あまりにも苦しい……自己犠牲(ぎせい)だ。

「アイナは、知っていたのか？」

アイナの方を見て訊く。

本人は硬(かた)い表情のまま何も反応しなかった。代わりに王が答える。

「アイナは私が拾った子供だ。共に暮らす過程で、この問題について知ってしまった。……全てを知っているのは、私とアイナの二人だけだ」

爪牙の会も、角翼の会も、この事実を知らない。

殆(ほとん)どの獣人は、真相を何ひとつ知らないまま革命を起こしたのだ。

「黙っていた理由は、理解できた。でも……そんなことをして、革命で大勢の死者が出たらどうするつもりだったんだ」

「私に忠誠を誓(ちか)う兵士など殆どいない。痛い目に遭(あ)えば、あっさりと降伏(こうふく)するような兵士だけを警備につかせたつもりだ。お前たちが上手(うま)く警備の隙(すき)を突いてくれたおかげで被害も最小限に抑えられている。今頃、地上の戦いも落ち着いているだろう」

地上で陽動役の獣人が戦っていることも、全部、お見通しのようだ。

「残る薬は一つ。私がこれを不用意に使ってしまえば、次の王は私を倒せず……獣人領は暴走した私の手によって滅(ほろ)びるだろう。薬を使えば自害すらままならない。私は誰(だれ)かに殺されない限り、この獣人領に甚大な被害を及ぼすことになる。

だから、ずっと待っていたのだ。私を殺すための力と、次代の王に相応しい器の持ち主を。……それがお前だ、ケイル＝クレイニア」

王が、真っ直ぐ俺を見据えて言う。

「私はこれから薬を使って先代王を殺す。お前はその後、疲弊した私を速やかに殺せ」

残酷な要望を王は告げた。

「薬を使ったとはいえ、満身創痍になった私ならきっと殺せる筈だ。他の獣人にはできなくとも、お前の力があればできる。……そして、私を殺した後は、次代の王として獣人たちを導いて欲しい」

そう告げる王は、とても悪政を敷く非道な男には見えなかった。

純粋に獣人たちの未来を憂うよき王として、男は言う。

「ケイル。お前が私の死体を掲げることで、漸くこの負の時代に幕を下ろすことができるのだ。この地に暮らす獣人たちのためにも、お前には、悪政を終わらせた希望の象徴になってもらいたい」

「決行は三時間後とする」

獣人王が俺たちに言う。

「本来ならもう少し間を置きたいところだが……先程の戦いで、起こしてしまったようだからな」

その言葉に、俺は『獣神憑依』を使っている時に聞いた、あの歪な叫び声を思い出した。

「あの声は……先代王か」

獣人王が首を縦に振る。

あの声と同時に、遺跡の奥から恐ろしい威圧感が放たれていた。吸血鬼の王弟ギルフォードよりも……目の前にいる獣人王よりも、強い威圧感だった。獣人王が「薬を使わねば勝てない」と言うのも理解できる。

「ケイル＝クレイニア。お前を巻き込んでしまったことは、本当に申し訳ないと思っている。だがこれだけは……こればかりは王として譲れないのだ。どうか分かってくれ。獣人たちの明日を守るには、お前が王として君臨するしかない」

そう言って、獣人王は部屋の扉を開けた。

「決行まで私は休ませてもらう。薬を使えば傷は治るが、体力までは回復しないからな」

獣人王が何処かへ向かう。

だがその背中を、一人の少女が呼び止めた。

「……お爺ちゃん」

アイナが、か細い声で告げる。

「私、やっぱり……」

「アイナ。聞き分けろ」

獣人王は冷たい眼差しをアイナに送り、その場を立ち去った。

アイナは唇を噛み、俯いている。

部屋に静寂が訪れた。

「ケイル君……このまま、本当に獣人の王様になっちゃうの？」

沈黙が滞る中、クレナが恐る恐る訊く。

「……そんなわけがない」

髪を掻き毟りながら、俺は続ける。

「でも……それ以外に、獣人たちが助かる道がないなら……」

このまま何もしなければ、先代王が暴走して獣人領を滅ぼすだけだ。獣人領どころか、俺たちが過ごす王国にも被害が生じるかもしれない。

獣人王は生贄を捧げることで問題を先送りにしていた。だがそれもいずれ限界がくる。それに話を聞いてしまった以上、これからは生贄も出したくない。

――どうすればいい？

本当に獣人王を犠牲にしなくては解決しないのか。

それ以外に先代王を倒す方法はないのか。

たとえば、他の亜人の王たちに手伝ってもらうのはどうだ？

いや、そんなことをすれば亜人たちのパワーバランスが崩壊する。いくら悪政を敷く王とはいえ、他種族の王に自分たちの王を殺されるわけにはいかないだろう。

なら特定の種族ではなく、複数の種族に協力してもらうか？

多くの借りを作ることにはなるが、それなら上下関係は有耶無耶になるからパワーバランスも完全には崩壊しない。だが――どのみち獣人たちはもう、王という存在を信じられなくなるだろう。

――方法は、ある。

複雑なことではない。

シンプルに全てを解決する方法が、ひとつだけある。

だが、それをやるには、あまりにも――。

「……アイナは、何処かに行ったのか？」

ふと顔を上げると、そこにアイナはいなかった。

「深刻な顔をして何処かに行っちゃった。呼び止めたけど、一人にして欲しいって……」

「……そうか」

クレナに説明されて、俺はゆっくりと立ち上がった。

「ちょっと、アイナに訊きたいことがあるから捜してくる」

「あ、じゃあ私も手伝うよ。手分けした方が早いと思うし」

そう言ってクレナは、俺と共に部屋を出る。

「ケイル君。無茶だけは、しないでね」

「……ああ」

俺の様子を見て何かを察したのか、クレナは真剣な顔で告げた。

クレナと手分けしてアイナを捜す。先代王が幽閉されているという奥の方に行かなければ問題ないだろう。入り組んだ廊下をひたすら歩き続けた。

暫く歩き続けていると、誰かの話し声が聞こえた。

無意識に足音を潜め、声のする部屋に近づく。

この声は……アイナと、獣人王だ。

「お爺ちゃん……死んじゃ、いや……！」

その部屋の中で、アイナは涙を流していた。

学園では表情を殆ど変えない彼女(かのじょ)が、悲しみを堪(こら)えきれずに震えている。

「アイナ、何度も言った筈だ。もうこれしか方法はない」

「でも、それでも私は……」

「諦(あき)めなさい。お前も、この日のために努力してきたのだろう」

諭(さと)すように言う獣人王に、アイナは何も返せずに黙ってしまった。

——嫌なものを見てしまった。

ああ、本当に……これは見るべきではなかった。

おかげでまた、決意が固くなる。

今、二人の間に割って入るような真似はしたくない。踵(きびす)を返した俺は、そのまま遺跡の外まで出て、真っ暗な夜空を仰ぎ見た。

そのまま、小一時間が過ぎた頃。

「ケイル」

背後からアイナに声を掛けられる。

「準備はできたかしら？」

「……準備なんて、殆どないだろ」

「それもそうね」

アイナは儚い笑みを浮かべた。

「アイナは、大丈夫なのか？」

「私？ ……ああ、さっき見ていたのは、貴方だったのね」

「気づいていたのか」

「獣人は気配に敏感なのよ」

そう言ってアイナは、虎の丸い耳をピクピクと動かした。

「ごめんなさい。変なものを見せてしまったわね」

「……別に、変じゃないだろ」

嫌なことがあって悲しむのは当たり前だ。

「アイナにとって、獣人王はどういう存在なんだ？」

アイナはゆっくりと目を閉じ、まるで過去を懐かしむような様子で答えた。

「育ての親よ」

アイナは語る。

「捨てられた赤子だった私を、あの人は周りの反対を押し切って拾ってくれたわ。王としての業務に追われる中で、あの人は私に精一杯の愛情を注いでくれた。……おかげで私は何不自由なく生きることができた」

アイナは語り続ける。

「物心がつく頃には、私も何か恩返しがしたいと思っていた。だから、頑張って身体を鍛えて王の護衛になったの。でも……ある日、王がこの遺跡に向かっているのを見て、気になった私は後を追うことにして……」

「……知ってしまったのか」

王が、獣人たちの目を避けてしていることを。

民たちが「悪政」と叫んでいるそれを。

「それ以降、私は王にとって唯一無二の協力者になったわ。リディアは、私が王に苦しめられて館から脱走したと考えているけれど……真実を言うと、私は爪牙の会に潜り込んだのよ。来たるべき日に備えるために。……貴方を見つけるために」

アイナもまた、今まで多くの獣人を騙してきた。

自分のためではなく、獣人領の未来を憂うからでもなく。

きっと、全ては——自分を育ててくれた王のために。

「今までそれを、ずっと黙っていたのか」

「ええ」

「……平気だったのか」

「まさか」

自嘲するように、アイナは笑った。

「王のことを馬鹿にされる度に、何度も手を出しそうになったわ。でも……私は幼い頃からずっと、王に教わってきたから」

落ち着いた声音でアイナは言う。

「膨れ上がった欲は、己の身を滅ぼす。獣人は決して己の欲に振り回されてはならない。お爺ちゃんが、何度も口にしていた言葉よ」

王を他人として扱うことが限界になったのか、アイナは再び「お爺ちゃん」という呼び名を口にした。

「いいのか？　このまま、獣人王を死なせて……」

「……酷なことを訊くのね」

呟くようにアイナは言う。

「いいとは言えないわ。本当はお爺ちゃんを死なせたくないし……貴方を巻き込んだことにも抵抗がある。でも私は、覚悟を決める時間だけは沢山あったから。今更、我儘を言うことなんてできる筈もない。……さっきもそれで、お爺ちゃんに叱られたわ」

視線を下げて、アイナは続ける。

「爪牙の会に潜り込んだのも、学園に通ったのも、貴方の傍にいたのも、全部この日のためよ。この期に及んで、私だけが立ち止まることは許されないわ」

そこまで言って、アイナは微笑を浮かべた。

「おかしな話ね」

「え?」

「私は、貴方を道連れにしようとしているのに、どうして貴方が私を気遣っているのかしら」

「それは……」

考えてみればその通りだ。大変なのは俺の方である。このままでは獣人王という地位を押しつけられて、俺は今までの日常に戻れなくなってしまう。

それでも俺が、アイナを放っておけないのは——。

「……俺よりも、アイナの方が悲しそうだからだろ」

「……そう」

一瞬だけ、アイナは泣きそうな顔をした。

「貴方が、悪い人ならよかったわ。それなら遠慮なく利用できたのに。……貴方って本当に、底抜けに優しい人なのね」

そう言ってアイナは、顔をこちらに近づけてきた。

「ねえ、ケイル。私、貴方が王になった暁には、どんなことでもするわ。私は、私の全てを貴方に捧げる。貴方の欲しいものは、なんだって用意してみせる」

「……変なことを頼むかもしれないぞ」

「平気よ。私、貴方のこと嫌いじゃないから」

アイナは微笑みながら、続けて言う。

「だから、もうこれ以上、その優しさを私に向けないで。これ以上、優しくされると、ありもしない希望を見てしまうわ」

堪えてきた弱音が、遂にアイナの唇からこぼれ落ちる。

もう希望なんて一切ないのだと、諦念に満ちたアイナの心情が吐露された。

――まるで、昔の俺だ。

以前の俺は、無能力ゆえに落ちこぼれと罵られていた。

生き方を選択できず、凄惨な現実を受け入れるしかなかった。

あの頃の俺も、今のアイナと同じように、希望なんて全く存在しないと思っていた。未来は常に真っ黒に染まっていた。

もし俺が獣人王になったら、アイナはこの先も自分を殺して俺のために尽くし続けるだろう。アイナの過去は後悔で染まり、アイナの未来は罪悪感で染まる。今までもこれからも、アイナには自由がない。

だから、誰かが手を差し伸べなければならない。

俺にとってのクレナのように、誰かがアイナをこの地獄から救わなくちゃいけない。

そして、それができるのは、きっと――。

「……あれば、どうする」

「え？」

「その希望があれば、どうする」

目を丸くするアイナに、俺は訊いた。

「あの王を死なせずに、全てを解決する方法があれば……アイナはどうする？」

暫しの間、硬直していたアイナは、やがてクスリと笑う。

「夢みたいなことを言うのね」

無垢な子供を見守るような瞳で、アイナは言った。

「もし、貴方がそんな希望を持っているとしたら……私は絶対に、こう言うわ」

アイナは俺の顔を見据えて、告げた。

「助けてちょうだい」

その一言が、俺の心に確たる決意を宿した。

「――分かった」

そう答えると、アイナは無言で驚いた。

冗談と思われただろうか。困惑するアイナに、俺は別の話を切り出す。

「アイナ。獣人の力が薄まっているから、また改めて眷属にしてもらってもいいか？」

「……ええ、お安いご用よ」

互いに爪で親指に傷をつけ、それを重ね合わせる。

アイナの指先から、獣人の力が注がれた。

「ケイル。さっきの言葉は、冗談――」

「――アイナ」

獣人の力が肉体を駆け巡る。

その感覚を確かめながら、俺は告げた。

「さっきの言葉は本気だ。俺は、必ずアイナを助ける」

指先から注がれる力を強く意識する。

もっと、より多くの力を。――そう念じた瞬間、アイナの指先から膨大な力が注がれた。

「これ、は……っ⁉」

「ごめん。ちょっと多めに力を貰うぞ」

全身に力が漲る。

反対に、アイナはみるみる力を失い、やがて立つことすらままならなくなった。

「ケイ、ル……」

「暫く、ここで待っていてくれ」

体勢を崩したアイナの背中に手を添え、遺跡の壁にもたれるようにゆっくりと座らせる。

気を失ったアイナから目を逸らし、頭の中でやるべきことを整理した。

俺のやりたいこと。俺の成すべきこと。俺が抱いた決意を再認識して息を吐く。

遺跡の奥へ向かって廊下を進んだ。

その途中で、年老いた獣人と顔を合わせる。

「……獣人王」

「お前か」

獣人王がこちらを見る。

アイナと違って獣人王は既に覚悟を決めているのか、その表情は悲しみにも怒りにも染まっていなかった。

「ケイル＝クレイニア。作戦を決行する前にひとつ言っておく」

言葉を選ぶように、獣人王は間を空けて続きを告げた。

「お前はもっと、自分の力を信じてもいい」

「……どういう意味だ？」

「お前の力は、お前の想像以上に強い」

要領を得ないその言葉に眉を顰めていると、補足された。

「私を含む全ての亜人の王は、あくまで便宜上、王と呼ばれている。つまり我々にとっての王とは、所詮称号や肩書きに過ぎない。……しかし、お前の力は【素質系・王】とあるように、能力としての王だ」

王は続ける。

「いわばお前は、王としての力を世界に保証されている。それがどういう意味か、私も詳しくは知らないが……恐らく、亜人の王にできて、お前にできないことは存在しないだろう。この世界にとっては、我々ではなくお前がオリジナルなのだから」

曖昧な言葉だが、一先ず頷いた。きっとこの男は、俺の力があれば問題なく次代の王を担えると言いたかったのだろう。要するに俺の不安を解消させたかっただけだ。

だが俺はそれを、違う意味として受け入れる。

つまり俺は――亜人の王よりも、強いかもしれないということだ。

「それは、いいことを聞いた」

「……なに？」

俺の様子を怪訝に思ったのか、王は不審そうな顔をする。

直後、俺は王の腹に掌底を叩き込んだ。

獣人の膂力を全力で使ったその一撃は、ドスン！　と大きな音を立てて炸裂する。

「な、何を……ッ⁉」

「そこで休んでいてくれ。全部、終わらせてくる」

膝から崩れ落ちる王に、俺は言う。

「全部、終わらせる……？　ま、まさか、お前……ッ‼」

俺の目的を悟った王は、目を見開いて焦燥した。

「よせッ‼　いくらお前が強くても、あれだけは無理だ！　あれは最早、亜人の王とかそういう次元の敵ではない！　種族の垣根を越えた――生物としての頂点だッ‼」

王は全力で叫んだ。

「種族戦争の時代、薬を使った王は獣人にとっての最終兵器だった！　先代王はそれ以上の力を宿している！　私ですら薬を使って勝てるかどうかだ……っ！　お前は強いが、まだ若い！　敵う相手ではない！」

長い間、先代王の暴走を抑えてきただけあって、その声には実感が籠もっていた。

だが、もう立ち止まる気はない。

倒れる王を背に、遺跡の奥へ向かう。

「何故だ……獣人王になりたくないからか。それとも、私を死なせないためか……ッ!!」

その誤解だけは解いておかねばと思い、俺は振り返って告げる。

「アイナのためだ」

目を見開く王に、続けて言う。

「ずっと、自分の力をどう使うか悩んでいた。でも、今日、はっきりと決めた」

己の決意を、はっきりと伝える。

「王に抗うためでも、王になるためでもない。俺はただ――大切な人たちのために、この力を使う」

そこまで告げて、俺は再び遺跡の最奥へ向かう。

気配に敏感な獣人は気絶させた。これでもう邪魔は入らない。

獣人王……お前のやり方では、アイナが救われない。

全てを解決するための、たったひとつの方法。それは俺が先代王を倒すことだ。そうすれば獣人王は薬を使わずに済むから、ここで死ぬ必要はない。そのまま生きて王を続ければいい。俺が獣人王になる必要も、アイナがこれ以上縛られる必要もない。

心配してくれたクレナには申し訳ないが、俺はここで無茶をしなくてはならないようだ。

遺跡を進むと、少しずつ前方からのプレッシャーが強くなる。

突き当たりの扉を開くと、大きな部屋に出た。

『オォ■ォ■■ォォ■■ァ■■■■――ッ!!』

明らかにそれは、獣人を辞めた存在だった。

第二の獣化である『完全獣化』と同じように、それは四足歩行する毛むくじゃらの巨躯だが、全身には第三の獣化『獣神憑依』の痕跡である模様も刻まれている。但しその模様は通常のものと比べて、悍ましさと禍々しさを増していた。

手足の爪は不揃いに伸び、鉱物の如く幾重にも連なることで篭手のように腕を覆っている。口腔からも無数の牙が伸びており、それが仮面の如く顔に張り付いていた。口を閉じることができないのか延々と唾液が零れている。唾液は部屋に異臭を蔓延させていた。

その姿は――かつて書庫で読んだ、あの絵に描かれていた姿と全く同じだった。

「先代王だな」

異形の化物を目の当たりにして、俺は覚悟と共に呼気を発した。

種族戦争が起きていた頃。きっとその異形の姿は、獣人たちにとって英雄の象徴だったのだろう。だが、今の俺たちにとっては——倒すべき敵だ。

アイナから貰った力を全身に巡らせながら、俺は構える。

「俺たちのために、死んでくれ」


異形の化物と化した先代王は、吼えながら迫った。

床を砕き、破片を飛び散らせながら近づいてくる。その圧倒的な力は、破壊できないものなどないと思うほどだ。獣人王が言ったように、その気になればいつでもこの遺跡から抜け出すことができたのだろう。

「——『獣神憑依』」

心臓が強く脈打つ。

全身に赤い亀裂が刻まれ、巨獣の力が人体に憑依したことを実感した。

『オォアアア■■■■ァア■■アァァアアアァァ■■——ッ!!』

爆発的に向上した身体能力を駆使して、先代王の突進を避ける。

刹那、空間に亀裂が走ってもおかしくないほどの衝撃が部屋に響いた。壁には大きな穴が空き、地響きは地平線の彼方まで続いて木々が薙ぎ倒される。

それだけ強大な突進をしたにも拘らず、こちらを振り返った先代王は無傷だった。

突進を避けるために跳び上がった俺は天井に両足をつけ、滑るように壁面を下りて地面に着地する。

「……強いな」

今まで——と言っても一度だけだが。

吸血鬼領で、今と同じように王の力を引き出した時は、底知れぬ万能感があった。

だが、今回は違う。目の前にいる敵が脅威であるという認識が消えない。

獣人王が説明した通り、やはりこの化物は生物としての枠組みを超えている。今まで出会ったどの敵と比べても、一線を画した恐ろしさを宿していた。

「だが——」

吸血鬼の時と同じ。頭の中に、もう一人の俺がいる。

それは獣人王となった未来の俺だった。狼の耳に、狼の尻尾。獰猛な双眸に、鋭利な爪と牙。生粋の獣人と言っても過言ではない姿だ。加えて『獣神憑依』の影響によるものか、肌に刺青とも亀裂とも言えない赤い線が走っている。

『アア■■■ァア■■アアァァアァ■■——ッ!!』

「ぐ——っ!?」

先代王が吼えるだけで、空気の塊が放たれた。

両手を交差して踏ん張る。直後、凝固した爪に覆われた化物の拳が、頭上から迫った。

間一髪で避ける。今の拳が直撃していれば確実に死んでいた。

思わず冷や汗を垂らす。すると頭の中にいる俺が、馬鹿にするような笑みを浮かべた。

未来の俺が言う。——俺の力は、まだそんなものではない。

「……その腕、いいな」

先代王の腕を見て、俺は呟いた。

神族の薬によって先代王は種族特性を強化されている。その効果なのだろう、先代王の爪は無造作に伸びており、更にそれが拳の周りに巻き付き、篭手のように変質していた。

望んでそのような変化をしたのかは分からない。

だが、その力は——使える。

「ふ……っ!!」

右手の爪を伸ばし、それを握り潰すかのように拳を固めた。

頑強な掌が鋭利な爪を押し潰す。激痛が走ったが、同時に自然治癒が始まり、爪は歪な形に修復された。そのまま拳を固めていると、やがて爪は俺の拳を覆い、まるで刃を重ねたような篭手が完成する。

「——こんな感じか？」

バキバキと音を立て、篭手は拳だけでなく肘辺りまで俺の腕を覆った。

高速で先代王の頭上まで疾駆する。スピードを、そのまま拳に乗せて——放った。

『ガァア■■ァア■■■■アァァァ■■——ッ!!』

先代王が繰り出した突進の威力。それを拳に凝縮して突き出す。

盛大に床が砕け、衝撃の余波で壁も散った。

悲鳴を上げる先代王に、すぐにまた肉薄する。

「——そいつも、もらうぞッ!!」

先代王の尾は恐ろしく禍々しい形状をしていた。あれは『獣神憑依』の力を集束したものだと本能で察する。

ビキビキと音を立てて、俺の尾に赤色の亀裂が結集した。

何かの千切れる音がして、その度に苦痛が生じる。だが確実に、本来以上の力を引き出していると確信する。

「潰れろ——ッッ!!」

倒れる先代王の頭蓋に、尻尾を叩き付ける。地面が割れ、先代王の顔を覆っていた牙の仮面が砕かれた。仮面の奥から薄昏い眼窩が現れる。

『ア■■■■ァア■■アァァァ■■——ッ!!』

先代王が激しく吼える。

瞬間、その禍々しい尾が横薙ぎに放たれた。

先代王は攻撃の全てが一撃必殺だ。掠ることも許されない。

跳躍して避けた俺は、次の瞬間、先代王の姿が消えていることに気がつく。

ゾワリ、と全身の毛が逆立った。

本能が鳴らす警鐘に従い、背後を振り返る。そこには、仮面を半分ほど砕かれた先代王が、しっかりと四本の足で地面を踏み締めていた。

——速い。

あの巨体で、俺の最高速度に匹敵できるのか。

先代王が左腕を力強く振るう。すると、その腕に纏わり付いていた爪の欠片が無数の刃と化して襲い掛かった。

「ちっ⁉」

空中にいる間は回避ができない。尻尾を盾代わりにして刃を凌ぐが、何本か身体に突き刺さった。

着地すると同時に、脇腹と太腿に突き刺さった刃を引き抜く。止めどなく血が流れ出したが、筋肉に力を入れて強引に圧迫止血した。

そして、改めて眼前にいる先代王へ接近しようと考えると――。

「は？」

目の前から、先代王の姿が消えていた。

即座に過ちを悟る。頭上から、強烈なプレッシャーがのし掛かっていた。

「ぐ、あ……ッ⁉」

いつの間にか俺の頭上に跳んでいた先代王は、その巨体を重力に乗せて落としてきた。

大きく飛び退くことで圧死は避けたが、肩の骨が砕かれる。左腕はもう使えそうにない。

――おかしい。

獣人と化した今の俺は、気配に敏感である筈だ。

だが先程から先代王の気配が読み取れない。無論、目に見えないわけではないが、高速戦闘では相手の居場所を感じ取ることが重要である。目で見て動くようでは間に合わない。

「……成る程」

先代王の姿を見て、気配を感じ取れない原因を理解する。

「やたら臭いと思っていたが……その唾液が原因か」

ポタリ、ポタリと先代王の口腔から垂れ落ちる唾液。その異臭は俺の嗅覚を潰していた。

獣人は鋭敏な五感で気配を読み取る。そこには当然、嗅覚も含まれている。

どれだけ王の力を引き出しても経験だけは足りない。俺はもっと嗅覚を阻害されていることに違和感を覚えるべきだった。

だが――。

「――舐めるな」

力強く地面を踏み締める。

バキリと周囲に地割れが走った。

「お前が姿を隠すなら……俺は、お前が認識できない速度で走り続ける」

全神経を両足に集中。圧倒的な速度を、繊細な力加減で制御下に置いてみせる。

地面を強く蹴った直後、視界が一変した。

速度が増すごとに、視界から入る情報が増える。驚異的な動体視力が、驚異的な速度に対応している証拠だった。

だが、大量の情報を処理し続ければ、いずれ脳は破裂する。

だから――不要な情報は切り捨てねばならない。

まず、色が消えた。

世界が白黒に染まる。先代王を認識できるなら、それで問題ない。

次に、背景が消えた。

夜空に光る星や、遠くに見える倒れた木々。戦闘に関係ない背景の情報を切り捨てる。

この眼球が見据えるのは先代王のみ。

他は何も要らない。余計なものは切り捨てていい。

全ては、先代王を殺すためだけに――。

あの化物を滅ぼすためだけに、獣人王の力を集中させる。

「あぁああぁああぁああぁぁああぁぁあああ――ッッ!!」

『オォ■ォ■■ォォ■■ァ■■■アァア■■■ァアア■アア■――ッ!!』

風よりも速く、光さえ追いつかない速度で。

先代王の巨体を殴り、蹴り、叩き、引き裂き、潰す。

左手にも爪の篭手を装備し、ひたすら攻撃を連打した。先代王の巨体は宙に浮いたまま、何度も何度も衝撃を受け続ける。

異変を感じたのはその時だった。

先代王が連打から抜け出し、いつの間にか俺の横合いまで移動していた。

幸いすぐに気づいたため、こちらも一瞬で背後に回って蹴りを放つ。

――先代王が速くなっている？

蹴りを受けて吹き飛んだ先代王を、俺は警戒した。

数秒後、すぐに異変の原因に気づく。

先代王の全身にこびりついていた爪や牙が、ぱらぱらと音を立ててこぼれ落ちていた。攻撃を受ければ受けるほど、先代王が身に付けている重たい鎧は剥がれ落ち、身軽になっているようだ。

「無駄なことを……」

思わず不敵な笑みを浮かべる。

――上等だ。

その程度じゃ追いつけないことを、思い知らせてやる。

「もっと、疾く――」

深く息を吐いた俺は、両腕を地面につけた。

脳裏を過ったのは四足歩行の獣。脚力だけではない、腕力も速度を引き出すために利用する。

数秒ほど駆けるだけで、獣人の身体はこの体勢に適応し始めた。篭手の形が変化し、地面を掻くための爪が伸びる。

一瞬で先代王の懐まで肉薄した俺は、尻尾でその巨躯をかち上げた。

「――疾く」

そこで思考は途絶えた。

あるのは瞳が捉えた映像と、先代王を殴った際の衝撃のみ。０・１秒の瞬きをする暇すらない。反射で——本能で、戦い続ける。

——勝てる。

やはり、獣人王が言っていた通りかもしれない。

俺の【素質系・王】は、王としての力を世界に保証されている。なら、便宜上の王である獣人王よりも、俺の方が強いのではないか？　というのが獣人王の見解だ。

多分それは正しい。

だから俺は、あの獣人王が手出しできなかった先代王を相手に、ここまで戦うことができている。

最後の最後まで油断しない。

悲鳴を上げる先代王の顔面に、トドメの一撃を入れようとした直後————。

「——ぁ？」

バキリ、と音を立てて。

俺の腕に、亀裂が走った。

「が、あぁあぁぁぁああ——ッッ⁉」

痛い――――痛い痛い痛い痛い痛い!!

冷めた頭が途端に沸騰した。思考が乱れて何も考えられない。

拳に入った亀裂から鮮血が飛び散った。皮膚も筋肉も骨も、全てが悲鳴を上げている。

――――反動だ。

何が起きているのか、本能で悟る。

力を引き出しすぎた。俺は、限界を超える力を絞り出して自滅してしまったのだ。

「く、そ……ッ!!」

傷を治そうとして、篭手が更に膨れ上がる。すると途端に拳が重たく感じた。巨大化した篭手が肉体の負担になっているのだ。

マズい。早くこの暴走を止めないと、身体が呑み込まれる。

膨れ上がる篭手をもう一方の手で押さえ、どうにか耐えようとしたところ――――。

「ケイル君!」

遺跡の奥から声がした。

クレナとアイナ、それから獣人王が駆けつけてくる。

「お前たち、なんで……っ」

「馬鹿！　無茶しないでって言ったのに!!」

クレナが叫(さけ)びながら、右手を振(ふ)り上げる。

「――《血守護陣(ブラッディ・アイギス)》ッ!!」

紅の盾が六つ重なり、迫り来る先代王の拳を防いだ。

激しい衝撃の余波が身体を浮かせ、俺をクレナたちの方へ吹き飛ばす。

「た、たった一人で……あの化物を、ここまで追い詰(つ)めたというのか……っ!?」

獣人王が、ボロボロになった先代王を見て絶句していた。

だが――このままでは勝てないだろう。

先程まで戦っていた俺には分かる。今の獣人王ではまだあの化物を倒せない筈だ。

獣人王があの化物に勝つには薬を使うしかない。しかしそれでは、アイナが苦しむ結果となってしまう。

「ケイル……もう、いいの」

起き上がろうとする俺に、アイナは覚悟を決めた様子で告げた。

「貴方(あなた)の役目は私が背負う。暴走したお爺ちゃんは私が殺す。だから、貴方はもう休んで」

そう言って、アイナは一歩前に出た。

「……やめろ」

離(はな)れていくアイナの背中に、俺は声を掛ける。

「俺は、そんなことのために戦ったわけじゃ……っ」

満身創痍でも譲れないものがある。

たとえどれだけの人に止められても、貫きたい気持ちがある。

アイナたちが成し遂げようとしていることは、獣人領のためになるかもしれない。しかし、アイナたち自身の幸福には繋がらない。

皆のために、私たちは不幸になろう。

そんな想いを覚悟と受け取るわけにはいかない。

それを役目と受け入れてしまったアイナを、絶対に認めるわけにはいかない。

「想定外の事態にはなってしまったが――作戦を決行する」

獣人王が箱から注射器を取り出した。

神族の遺産、亜人の種族特性を強化する薬だ。

それを見て、俺は――ひとつの可能性に辿り着いた。

――待て。

先程の戦いを思い出す。

先代王は、戦闘中に少しずつ速くなっていた。身体を覆う重たい鎧が、戦闘の余波で徐々に剥がれ落ちていったからだ。

つまり——先代王にとって、あの鎧は足枷だったのだ。

最初こそ、あの鎧は身を守るためのものだと思っていた。しかし本来、獣人の戦い方はその敏捷性を活かしたものである場合が多い。重たい鎧は獣人にとって不都合な筈だ。

——どうして先代王は、あんな鎧を着込んだのか。

その疑問に対する答えは、すぐに思い浮かぶ。

——あの鎧は、先程の俺と同じ、種族特性の強化による反動ではないか？

そもそも今の先代王に、理性は残っていない。

ならこれは、先代王が意図したものではない。

戦う直前、アイナに言われたことを思い出す。

『膨れ上がった欲は、己の身を滅ぼす』

その可能性に賭けて、俺は最後の力を振り絞った。

「ケイル、何を——っ⁉」

驚愕するアイナの脇を通り抜け、獣人王に接近する。

目を見開く獣人王から、神族の薬を奪い取った。

「なっ⁉」

強引に奪い取った薬を握り締めながら、俺は雄叫びを上げる先代王に近づく。

俺はその薬を、自分に使うのではなく――先代王の首筋に突き刺した。

「な、何故、薬を先代王に……ッ⁉」

困惑する獣人王を無視して、俺は薬を先代王の肉体に流し込む。

獣人としての本能が告げていた。きっとこれで、上手くいく筈だ。

薬を摂取したことで、先代王の肉体が膨れ上がった。

その耳と尾は更に伸び、その爪と牙は更に逞しくなる。先程の戦闘で損傷した鎧は瞬く間に復活し、更に筋肉の膨張により、その姿も今までの二倍近くまで膨れ上がり――。

――瞬間、先代王の全身に亀裂が走った。

『ア■■■ァア■■アアアァ■■――ッ⁉』

原形を留めないほど膨れ上がった筋肉が、あちこちから破裂した。

血飛沫が激しく飛び散る中、先代王の仮面や籠手が次々と崩れていく。そして全身の傷を身体が治そうとして、鎧は膨張し、肉体を押し潰す。

その姿は、反動で腕を壊してしまった少し前の俺と全く同じだった。

「これは、まさか……肉体が、種族特性の強化についていけないのか……ッ⁉」

獣人王が信じられないものを見るような目で推測を口にする。

恐らくそれが正解だ。俺が能力によって限界を超えたように、先代王は薬によって限界を超えてしまった。

今でこそ異形の化物と成り果てた先代王も、かつては民を想う良き王だった。

その王が、好き好んで暴虐の限りを尽くす筈がない。そう考えると、今までの叫び声は

全て、悲しみを訴える泣き声にも聞こえたような気がした。

――お前も苦しんでいたのか。

無惨な姿となった先代王を、真っ直ぐ見据える。

その姿は強さの象徴ではなかった。その鎧も、篭手も、ただの副作用だったのだ。

体内の骨が牙のように強化され、皮膚を割いて外側へ出ていた。もう立ち上がるどころ

か一歩も動けないだろう。

鈍重な肉塊と化した先代王を見据えて、俺は拳を強く握る。

「これで、今度こそ――」

頑丈な篭手に覆われた右腕を、ゆっくりと後ろに引いて力を溜める。

「――終わりだ」

力強く拳を突き出すと、山のように膨れ上がった先代王の身体がひび割れ、崩壊した。

ケイルが拳を振るった直後。

激しい地響きと共に、先代王の身体が地面に叩き付けられた。

今度こそ完全に終わったと、アイナは直感した。

「アイナ」

先代王を倒したケイルが振り返り、こちらを向く。

そのボロボロの姿を見ながら、アイナは少し前にケイルとした会話を思い出した。

『これ以上、その優しさを私に向けないで。これ以上、優しくされると、ありもしない希望を見てしまうわ』

底抜けに優しいケイルが、アイナの罪悪感を増幅させていた。

だから、これ以上は優しくしないで欲しかった。ありもしない希望を見て、虚しい気持ちになりたくなかった。

自分を拾ってくれた恩人である獣人王。

アイナがお爺ちゃんと呼ぶ彼を、殺さずに済む方法なんて絶対にない。

希望なんて、どこにもないと思っていたのに――――。

「どうだ。ちゃんと希望はあったぞ」

傷だらけの姿で笑うケイルを見て、アイナは涙を流した。

暴走した先代王を倒した後、俺たちは半壊した遺跡で話し合っていた。

「しかし――どう収拾をつけるべきか」

獣人王が深刻な顔で言う。

先代王を倒したことで、獣人王が犠牲になる必要はなくなった。神族の薬も無事に手放すことができる。

だが問題は、獣人王に対する悪評が残っていることだ。

「こうなった以上、引き続き私が獣人王として、この領地を治めるべきだが……果たして領民たちはそれを許してくれるのか」

元々獣人王は、先代王との戦いで死ぬつもりであり、外部の人間である俺が次代の王になる予定だった。その計画を白紙に戻した今、引き続き獣人王がこの領地を統治することになるが、領民たちはきっとそれを許してくれない。

「いっそ、全てを伝えてみればいいんじゃないかな」

「……伝えたところで意味ないわ。やむを得ない事情があったとしても、それで犠牲者が帰ってくることはない」

クレナの提案に、アイナは視線を落としながら言った。

先代王の暴走を止めるために、獣人王は既に多くの領民を生贄に捧げてしまっている。どのような事情があっても、彼らが生き返ることはない。

「方法は、ある」

そう言って俺は立ち上がった。

アイナから受け取った獣人の力を発散させ、人間の状態に戻った後、クレナを見る。

「クレナ、俺を吸血鬼にしてくれ」

「え？　……う、うん。分かった」

不思議そうにしながら、クレナは俺の首筋に噛み付き、血を注ぐ。

久々に吸血鬼の眷属になった俺は、真っ赤に染まった瞳で獣人王を見据えた。

「これから吸血鬼の力を使って、獣人王の顔を造り替える」

目を丸くする獣人王に、俺は続ける。

「血流を操作して、顔の表面を強引に変形させる。これで獣人王は、別人として生きることができる筈だ」

「しかし、顔を変えたところで何の意味が……ああ、いや、そういうことか」

こちらの真意を察したのか、獣人王は得心した様子を見せた。

「多分、想像を絶する痛みを伴うが……このくらい我慢できるよな？」

「ふん。もう少し老骨を労ってもらいたいところだが、仕方ない」

獣人王は微笑を浮かべ、冗談交じりに言った。

「元々、死を覚悟していたのだ。存分にやってくれ」

覚悟を見せる獣人王の顔に、俺は掌を向ける。

相手の血を操作できる吸血鬼の奥義。この技だけは、クレナには使えない。

「『血舞踏』――《血界王》」


それから二日後。獣人領は、先日発表された情報で賑わっていた。

「しかし、驚いたなぁ……まさかあの王様に、弟がいたなんて」

荷物を背負った俺たちの目の前で、通行人が会話する。

「国の政治を学ぶために諸国を渡り歩いていたんだろう？　勤勉で、いい王様になってくれそうだな」

「にしても気に入らねぇのは先代の王だ。弟がいることを伏せていたばかりか、その弟が領地を出ている隙に散々な悪政を敷きやがって……」

「まあまあ、終わったことは忘れましょう。次の王様は期待できそうだし、それに今後は爪牙の会や角翼の会も政治に参加するみたいだから、独裁になる恐れもないわ」

獣人たちの会話を聞きながら、俺たちは領地の出口へ向かう。

先日、リディアさんとミレイヤが、この領地の住民たちに革命の結末を伝えた。

革命は成功し、悪名高い獣人王は無事に討つことができた。

そして次の獣人王に誰を選ぶべきか、革命軍が悩んでいたところ、突如、王の弟を名乗る人物が接触してきた。彼は獣人たちの領地を治めるために諸国の政治を勉強して回っていたが、虫の知らせを聞いてこの領地に帰ってきたらしい。

革命軍はこの人物を次の王に選んだ。狼の獣人であるため伝統を守ることができるし、更に人格的にも問題ないと判断したからだ。

そういう――脚本になっている。

「あ、王様が出てきたわよ！」

修復中である王の館から、新しい王が姿を現した。

王の弟だ。悪政を敷いていたかつての王と比べると、顔は少し若々しい。だが貫禄が滲み出ており、見た目で舐められることはないだろう。

革命軍の二大巨頭であるリディアさんとミレイヤの推薦ということもあり、獣人たちはあの新たな王を好意的に受け入れていた。

「アイナ。獣人王にはもう挨拶しなくていいのか？」

「ええ。……生きているなら、いつでも会えるわ」

そう言ってアイナは、新たな王に視線を注ぐ。何も知らない獣人たちは、王の代替わりが行われたと思っているが……実際は代替わりなど起きていない。

あれは、顔を造り替えただけの獣人王だ。

領民たちの憎悪を一度リセットするためにも、獣人王は亡き者にならねばならなかった。だから獣人王はあの革命で死んだことにして、顔を造り替えてから、今度は王の弟として再び領民たちの前に姿を現したのだ。

この事実を知っているのは、あの場にいた者の他に、リディアさんとミレイヤだ。

爪牙の会と角翼の会。それぞれのリーダーを務める彼女たちには、真相の全てを説明した。彼女たちは、獣人王に事情があることを理解し、それでも怒りや恨みをなかったことにするのは難しかったようだが……民を守るため、怨恨を抑える決意をしてくれた。

二人はこれから、慎重に王を見極めていくつもりのようだ。

だがやはり、最も過酷なのは獣人王だろう。

「……険しい道になるな」

「ケイル君、何か言った？」

「いや、なんでもない」

クレナの問いに、俺は適当に誤魔化した。

王はこれから長い間、領民たちに償いをしなくてはならない。少しでも堕落すれば、リディアさんとミレイヤに寝首をかかれることになる。

だがそれは、背負うべき責任だ。

王は過去の罪を背負い続けて、贖罪する道を選んだ。

「色々あったけど、いざ帰るとなると少し寂しいね」

用意された馬車に乗りながらクレナは言う。

吸血鬼領を出る時も似たような気持ちだった。大変な目に遭ったが、それと同じくらい貴重な経験を積むことができた。そんな日々に別れを告げるのは少し寂しい。

「……ん？」

ふと、辺りが騒がしいことに気づき振り返る。

そこには大勢の獣人たちが集まっていた。爪牙の会と、角翼の会。革命の際に世話になった獣人たちが、わざわざ見送りに来てくれたみたいだ。

「皆さん、今回は本当にお世話になりました」

爪牙の会の代表であるリディアさんが深々と頭を下げる。

それから彼女は、こっそりこちらに近づき、潜めた声音で言った。

「特に……ケイル様には、大変お世話になりました」

獣人王の代替わりについて言っているのだろう。

「いえ……俺がやったのは、ただの応急処置に過ぎません」

「ご謙遜を。ケイル様が命を賭して戦ってくれたおかげで、私たち獣人は救われたのですから。貴方には、恩を感じずにはいられません」

「リディアの言う通りよ、王の卵」

リディアさんの後ろから、角翼の会の代表であるミレイヤが近づいて言う。

「私たちは貴方に大きな借りを作ったわ。それこそ、身も心も捧げなければ割に合わないほどの、ね。……寂しい夜を過ごす時は、いつでも呼びなさい？　私とリディアが、いくらでも貴方の欲求に応えてみせるわ」

最後までミレイヤはミレイヤだった。

しかも、さり気なくリディアさんを巻き込んでいる。

溜息を吐いた俺は、適当にミレイヤの言葉を聞き流そうとしたが――。

「まあ、ケイル様が相手なら、私も吝かではないと言いますか……」

ふとリディアさんが、そんなことを口にした。

「リディアさんも、冗談言わないでください……」

「いえ、冗談ではありませんよ。獣人は本能的に、より強い相手の子を産みたがるものですから。ケイル様さえその気なら、私はいつでもお待ちしております」

淡々と告げたリディアさんは、不意に頬を赤らめて続ける。

「その……個人的にも、貴方は好ましい男性だと思っていますので」

ほんの一瞬だけ恥じらう様子を見せて、リディアさんは言った。普段の理知的な態度とのギャップもあり、それが恐ろしく魅力的に感じてしまう。

なんでこのタイミングで、そんなことを言うんだ……。

折角、爽やかに別れを済ませられると思っていたのに。

その時、俺の腹にシュルリと何かが巻かれた。

「ア、アイナ……？」

見れば、アイナが無言で俺の身体に尻尾を巻き付けていた。

その表情は、どこか不満気に見える。

「……あら？」

ミレイヤが楽しそうな声を漏らす。

「あらあら……？　へぇ……ふぅん、そう？　今更、独占欲が湧いたのね」

笑みを浮かべながらミレイヤが言う。

アイナは無言で視線を逸らしていた。しかし、その頬は僅かに赤く染まっている。

身体に巻き付いたアイナの尻尾が、ほんのりと熱を帯びたような気がした。

「まあ、貴女にその気があるならいいのだけれど。……幸い王の卵は若いし、ちゃんと毎晩、身体を使って奉仕してあげれば案外簡単にオチて――」

「――もう限界！　出発！　早く出発してっ!!」

ミレイヤの発言に、クレナは顔を真っ赤にして御者に叫んだ。

「ケイル君のあほっ！　女たらし！」

「俺のせいじゃないだろ……」

獣人は、自他の欲求に寛容な種族だ。そういうものだと受け入れるしかない。

馬車が動き出す。それでもアイナは俺に尻尾を巻き付けたままだった。

「お世話になりました」

荷台の上から、見送ってくれた獣人たちに挨拶する。

帰ろう。――俺たちの日常に。

あとがき

作家の坂石遊作です。この度は本書を手に取っていただきありがとうございます。既にお気づきかもしれませんが「最弱無能が玉座へ至る」第2巻はページ数が多めです。そのため、あとがきに割くスペーズが限られており、ご覧の通りぎっちぎちの文章となっています。普段はあとがきのネタに困っており、いつも「書くネタがないよ〜」と悩んでいますが、いざページ数が削られると逆にやる気が漲ってきました。どうして私はこんなに面倒臭い性格をしているんでしょうか。最近の悩みのタネです。……さて2巻についてですが、今回は1巻と違って獣人という種族に焦点を当てています。獣耳が大好きな方、是非お読みください。ケイルも1巻と比べてワイルドな戦い方をするようになります。

【謝辞】本作の執筆を進めるにあたり、編集部や校閲など、ご関係者の皆様には大変お世話になりました。刀彼方様、今回も素敵なデザインを作成して頂きありがとうございます。担当編集様とも話題になりましたが、獣人の服装が非常に魅力的で感動しました。最後に、本書を手に取って頂いた皆様へ、最大級の感謝を。

HJ文庫 http://www.hobbyjapan.co.jp/hjbunko/
914

最弱無能が玉座へ至る2

～人間社会の落ちこぼれ、亜人の眷属になって成り上がる～

2021年1月1日　初版発行

著者――坂石遊作

発行者―松下大介
発行所―株式会社ホビージャパン

〒151-0053
東京都渋谷区代々木2-15-8
電話　03(5304)7604（編集）
　　　03(5304)9112（営業）

印刷所――大日本印刷株式会社

装丁――BELL'S／株式会社エストール

ISBN978-4-7986-2392-4　C0193

ファンレター、作品のご感想
お待ちしております

〒151－0053　東京都渋谷区代々木2－15－8
(株)ホビージャパン HJ文庫編集部 気付
坂石遊作 先生／刀 彼方 先生